*Johannes Mario Simmel*

Ein Autobus groß wie die Welt

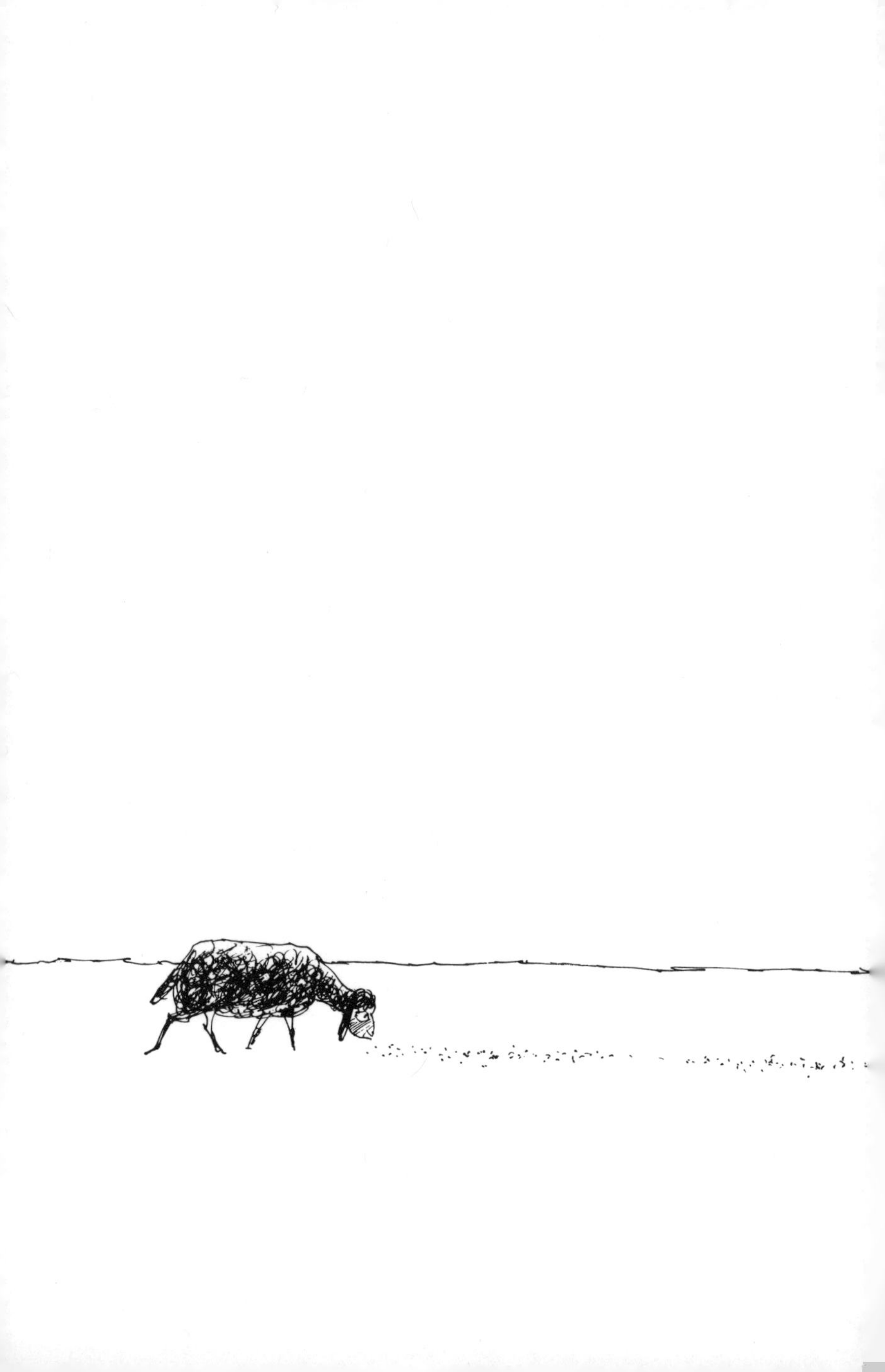

*Johannes Mario Simmel*

# Ein Autobus groß wie die Welt

*Droemer Knaur*

Umschlaggestaltung und Illustrationen: Ulrik Schramm
Gesamtherstellung: Ebner Ulm
Printed in Germany
ISBN 3-426-11134-9

9 8 7 6 5

# Das erste Kapitel

*Ein schwarzes Schaf rast durch den Schnee – 18 Kinder laufen um die Wette – Lucie muß weinen – Herr Wiedmann droht mit Ohrfeigen – Wir drehen die Zeit zurück – Der rote Autobus ist abfahrtbereit – Der dicke Martin zeigt seine Muskeln, und Karli hat Halsweh – Helmut schlägt einen Ringkampf vor – Tante Beate lernt Josef kennen – Die Fahrt geht los – Helmut ist wütend, und Josef reißt aus – Thomas rettet die Situation – Es donnert in der Luft, und plötzlich wird es finster – Es muß etwas Schreckliches geschehen sein.*

Am 26. Dezember, dem zweiten Weihnachtsfeiertag, raste ein dickes schwarzes Schaf durch den Schnee neben der Landstraße, die nach Bergstadt führt.
Es war gegen Mittag und sehr warm. Das Schaf rannte, so schnell es konnte, auf den nahen Wald zu. Es war so dick, daß es von weitem aussah wie eine große, dunkle Kugel. Hinter ihm her liefen 18 Kinder, Buben und Mädchen.
Das ist ein ungewöhnlicher Anfang für eine Geschichte, nicht wahr? Aber die Geschichte selbst ist gleichfalls ungewöhnlich – und deshalb muß es wohl auch ihr Anfang sein.
Weit hinten in der langen Reihe der Kinder, die dem fetten schwarzen Schaf nachliefen, stolperte ein erschöpftes kleines Mädchen. Das kleine Mädchen weinte bitterlich

und rief immer wieder verzweifelt: »Josef, Josef, komm doch bitte, bitte, zurück!«
Anscheinend hieß das Schaf ›Josef‹, und anscheinend gehörte es dem kleinen Mädchen. Aber es war ein eigenwilliges Schaf, und es kümmerte sich weder um die Rufe des armen kleinen Mädchens noch um die der anderen Kinder, die gleichfalls alle laut seinen Namen riefen.
Eine junge Frau mit freundlichem Gesicht und blondem Haar holte das kleine Mädchen ein und nahm es an der Hand.
»Sei ruhig, Lucie«, sagte sie. »Weine nicht. Wir werden dein Schaf schon fangen!«
Als Lucie die freundliche junge Frau bemerkte, brach sie neuerlich in Tränen aus.

»Oh, Tante Beate«, rief sie schluchzend, »warum hat Helmut die Tür aufgemacht? Ich habe ihm gar nichts getan, und er hat die Tür aufgemacht und Josef hinausgestoßen! Warum, Tante Beate, warum?«
Tante Beate zog Lucie mit sich durch den tiefen Schnee und sah nach vorne zum Waldrand, wo die anderen Kinder inzwischen angekommen waren. Das Schaf Josef hielt sich hinter den ersten Bäumen verborgen. »Ich weiß nicht, warum er es getan hat«, sagte Tante Beate. »Sicherlich wollte er dir damit nichts Böses antun. Und bestimmt wird er sich bei dir entschuldigen. Ich bin überzeugt, daß es ihm schon wieder leid tut, was er angestellt hat!«
Damit eilten die beiden weiter über den Acker.
Helmut, der Junge, von dem sie gesprochen hatten, saß

zu dieser Zeit auf dem Trittbrett eines großen roten Autobusses, der auf der Landstraße stand. Hinter dem Lenkrad des Autobusses saß ein dicker Mann in einer Lederjacke und mit einem roten Gesicht und sah ihn böse an. Der dicke Mann war der Chauffeur des Autos und hieß Wiedmann. Herr Wiedmann war wütend.
»Als ob man nicht schon genug Scherereien mit neunzehn Kindern hätte«, sagte er zornig, »und als ob wir nicht ohnehin schon um eine ganze Stunde verspätet wären! Nein, da muß noch so ein Lausbub wie du die Autotür aufmachen und das Schaf hinauslassen!« Helmut, der Junge, mit dem Herr Wiedmann sprach, rutschte auf seinem Trittbrett ein bißchen hin und her. Er fühlte sich nicht wohl.
»Ich habe es nicht mit Absicht getan«, erklärte er unsicher.
»Nicht mit Absicht! Nicht mit Absicht!« wiederholte Herr Wiedmann ärgerlich. »Die Tür ist von selber aufgegangen, was? Glaubst du, ich habe nicht gesehen, daß du die kleine Lucie schon seit Salzburg geärgert hast?« Er stand auf, kletterte ins Freie und kam auf Helmut zu. Helmut war ein großer, starker Junge, der aussah, als ob er sich vor nichts fürchten würde. Herr Wiedmann schien dabei eine Ausnahme zu sein. Vor ihm fürchtete sich Helmut jetzt ein wenig. Er zog den Kopf zwischen die Schultern und schielte ängstlich nach oben, als er den Chauffeur sagen hörte: »Bei Gott, wenn ich nicht wüßte, daß man Kinder nicht schlagen soll, dann würde ich dir jetzt ein paar Ohrfeigen geben, daß du die Engel singen hörst, mein Lieber!«
Helmut schwieg und sah ihn an. Herr Wiedmann brummte böse und drehte ihm den Rücken zu. Er sah

über den tief verschneiten Acker zum Waldrand hinüber, in dessen Schatten 18 Kinder und Tante Beate noch immer mit Bitten und Locken und Betteln versuchten, das Schaf Josef zu bewegen, zu ihnen zurückzukehren.
Die ganze Situation war sehr sonderbar, findet ihr nicht? Wie kam der rote Autobus hierher, auf die Landstraße, viele Kilometer entfernt vom nächsten Dorf? Wer war Tante Beate? Und wer waren die 19 Kinder? Woher kamen sie? Wohin fuhren sie? Wieso besaß Lucie ein schwarzes Schaf namens Josef? Und warum hatte Helmut es aus dem Autobus gestoßen? Das sind eine ganze Menge Fragen, und es lassen sich bestimmt noch ein paar weitere finden. Und um sie alle beantworten und unsere Geschichte so weitererzählen zu können, daß alle sie verstehen, müssen wir ein bißchen zurückgreifen und uns an Dinge erinnern, die schon hinter uns liegen. Um zu wissen, wohin der Autobus fährt, müssen wir wissen, woher er kommt. Wir müssen zurückkehren nach Salzburg. Und wir müssen die Zeit zurückdrehen von 2 Uhr nachmittag (so spät ist es jetzt) auf 8 Uhr früh. (So spät war es, als alles begann.)

*

Um 8 Uhr früh an diesem Tag stand der große rote Autobus noch auf dem Platz vor dem Festspielhaus in Salzburg. Salzburg ist eine sehr schöne Stadt, und der Platz vor dem Festspielhaus gehört zu einer ihrer schönsten Stellen. Die Sonne schien hell auf den weißen Schnee, und der rote Autobus leuchtete ordentlich unter ihren Strahlen. Es war ein sehr bequemer Autobus mit vielen Fenstern und blitzenden Metallbeschlägen. In sei-

nem Inneren sah man weiche Ledersitze zu beiden Seiten eines Ganges, der durch den ganzen Autobus lief. Es waren sieben Sitze auf jeder Seite des Ganges, und auf jedem Sitz hatten zwei Fahrgäste Platz. Vorne, hinter dem mächtigen Lenkrad, war der Sitz des Chauffeurs. Aber um 8 Uhr früh saß der Chauffeur noch nicht auf ihm. Um 8 Uhr früh stand er neben der offenen Autobustüre und half seinen kleinen Passagieren beim Einsteigen. Auf der anderen Seite der Tür stand Tante Beate mit ihrem freundlichen Gesicht und nahm den Fahrgästen das Gepäck ab.

Es waren 19 Fahrgäste, und ohne Ausnahme Kinder. Sie gingen bereits in die Schule, der Jüngste unter ihnen war sieben Jahre alt und der Älteste neun Jahre. Manche hatten Rucksäcke, andere Koffer, und manche hatten beides, Rucksack und Koffer. Sie waren alle sehr aufgeregt, und die Eltern, die sie bis zum Autobus gebracht hatten und nun im Schnee herumstanden, waren mindestens ebenso aufgeregt. Sie gaben ihren Kindern gute Ratschläge, während sie sich verabschiedeten, und trugen ihnen auf, schön brav zu sein, gesund zu bleiben und Tante Beate zu folgen.

Vorne, an der Windschutzscheibe des Autobusses, klebte ein großer, weißer Zettel, auf dem mit großen schwarzen Buchstaben ein langes Wort geschrieben stand:

FERIENKINDERTRANSPORT

Und das erklärt eigentlich schon eine ganze Menge.

Ein Ferienkindertransport ist eine sehr lustige Angelegenheit. Viele von euch werden bestimmt schon so etwas mitgemacht haben. Wenn man einmal in die Schule geht, dann sieht das Leben anders aus. Dann kann man nicht mehr Fußball spielen und schwimmen, in den Wald laufen oder in der Sonne liegen, wann man will. Das kann man dann nur noch in den Ferien, wenn die Schule geschlossen ist.

Aber auch zu Weihnachten gibt es Ferien. Vom 23. Dezember an, dem Tag vor dem Heiligen Abend, bis zum 7. Januar, dem Tag nach dem Dreikönigsfest. Das sind natürlich ganz andere Ferien als die im Sommer! Da ist es kalt, es schneit, und man muß sich warm anziehen. Obwohl es so kalt ist, soll man doch viel im Schnee und im Wald herumlaufen, denn das ist sehr gesund. Im Winter wird man leichter krank, die gute klare Luft beschützt einen dann. Und weil Kinder doch nie so richtig ins Freie kommen, wenn sie in der Stadt wohnen, und weil man doch will, daß sie gesund bleiben, hat man die Ferientransporte erfunden.

Die Ferientransporte führen Kinder aus der Stadt aufs Land. Dort wohnen die Kinder dann in einem Hotel oder in einem Heim, eine Tante paßt auf sie auf, sie essen und spielen und singen und lachen – und zuletzt kehren sie gesund und braungebrannt und vergnügt zu ihren Eltern zurück, und die Schule kann weitergehen!
Genauso ein Ferientransport war es, zu dem sich die 19 Kinder am 26. Dezember um 8 Uhr früh auf dem Platz vor dem Festspielhaus in Salzburg versammelten.
Die Kinder kamen aus Schulen in Salzburg und in der Umgebung. Sie hatten alle blasse Gesichter, aber das sollte bald anders werden. »In einer Woche seid ihr schwarz wie Neger«, behauptete Tante Beate. Sie hatte schon viele Kindertransporte geleitet, und sie erklärte den Eltern, wohin die Fahrt ging. Die Eltern hörten so neugierig zu wie die Kinder, die einander ab und zu von der Seite ansahen, so, wie man neue Freunde mustert.
»Wir fahren zuerst nach Zell am See«, sagte Tante Beate, während Herr Wiedmann, der Chauffeur, die Rucksäcke und Koffer auf den leergebliebenen Sitzen hinten im Autobus verstaute. »Von Zell am See fahren wir dann in die Berge hinauf. Und am Abend sind wir in Schruns. Dort werden wir in einem schönen kleinen Hotel wohnen. Und am sechsten Januar kommen wir dann alle wieder zurück!«
Eine Frau mit einem mageren, blassen Jungen trat zu Tante Beate. »Ach, bitte, liebe Tante Beate«, sagte sie, »das ist mein Sohn, der kleine Karli. Achten Sie darauf, daß er sich jeden Tag brav in die Sonne legt, er sieht so schlecht aus und ist oft krank. Ich möchte, daß er sich einmal richtig erholt! Gerade jetzt fühlt er sich nicht gut.«
Tante Beate sah Karli aufmerksam an. Er blickte sie

flehend an. »Du fühlst dich nicht gut?« fragte die Tante.
»O ja!« rief der blasse Junge. »Ich fühle mich sehr gut, Tante, wirklich!«
»In der Nacht hat er Halsschmerzen bekommen«, sagte die Mutter.
Karli hatte Angst, daß man ihn vielleicht im letzten Augenblick wieder nach Hause schicken würde. Er kletterte schnell an Tante Beate vorbei in den Autobus hinein und hielt sich an einem Fensterrahmen fest.
»Ich habe gar keine Schmerzen mehr!« rief er. »Ich bin ganz gesund!«
Tante Beate betrachtete ihn nachdenklich.
»Zeig mir einmal deine Zunge«, sagte sie. Karli zeigte sie widerwillig. Die Zunge war weiß.
»Na, sehr hübsch sieht sie nicht aus«, meinte Tante Beate. »Wir haben oben in Schruns einen Onkel Doktor, der wird dich gleich untersuchen, wenn wir ankommen.«
Sie gab Karli einen liebevollen Klaps, und er strahlte sie an. Sollte der Onkel Doktor ihn ruhig untersuchen – wenn er nur mitfahren durfte! Er ging durch den Mittelgang des Autobusses nach hinten, wo bereits ein paar Kinder saßen. Neben einem sehr dicken Jungen war noch ein Platz frei. Der dicke Junge trug eine Brille, und auf seinen Knien lag ein Paket mit Wurstsemmeln und Äpfeln. Der dicke Junge hatte den Mund voll und kaute versunken. Er war so sehr mit Essen beschäftigt, daß er zuerst gar nicht hörte, daß Karli ihn etwas fragte. Karli mußte noch einmal fragen: »Darf ich mich zu dir setzen?«
Der dicke Junge sah auf und nickte.
»Mhm«, sagte er dann. Mehr konnte er nicht sagen, er hatte den Mund zu voll. Karli betrachtete ihn interessiert.
»Ich heiße Karli«, erklärte er höflich.

»Mhm«, sagte der dicke Junge und kaute wie verrückt. Es schien ihn nicht sehr zu interessieren, wie Karli hieß. Er biß ein Riesenstück von seiner Semmel ab, schob das offene Paket zu Karli und murmelte dazu etwas, was so klang wie: »Hi-u-au?« Es klang so, weil er vor lauter Futtern nicht richtig sprechen konnte. Sonst hätte es geklungen: »Willst du auch?«
Karli verstand ihn auch so. Er schüttelte den Kopf und erwiderte: »Danke, nein. Ich habe gerade gefrühstückt.«
Der dicke Junge schluckte zum erstenmal alles, was er im Mund hatte, hinunter und sah ihn verblüfft an.
»Ich auch«, sagte er, jetzt mit klarer Stimme. »Aber ich habe schon wieder Hunger. Ich habe überhaupt immer Hunger.«
»Ich nicht«, sagte Karli.
»Das merkt man«, meinte der Dicke. »Du siehst auch so aus! Schau mich an! Essen macht stark. Da!« Er bog den linken Arm ab und ließ Karli seine Muskeln fühlen. Er hatte sehr starke Muskeln.
»Bum«, sagte Karli beeindruckt.
»Könntest du auch haben, wenn du mehr essen würdest!« sagte der Dicke. »Im übrigen heiße ich Martin«, fügte er hinzu. Er gab Karli die Hand. »Ich bin der dickste Junge in meiner Klasse«, erklärte er stolz.
»Das glaube ich«, sagte eine Stimme hinter ihnen. Karli drehte sich um. Hinter ihnen saßen ein Junge und ein Mädchen. Der Junge hatte blonde Haare, die wild in die Luft standen, als wären sie noch niemals gekämmt worden, und das Mädchen war klein, zart und sah den großen rotbackigen Jungen bewundernd an. Es war der Junge, der gesprochen hatte.
»Was glaubst du?« fragte Martin, ein wenig verärgert.

»Daß du der Dickste bist.«
»Der Dickste *und* der Stärkste«, erklärte Martin mit Betonung.
Der blonde Junge lachte. Es war ein ungläubiges und herausforderndes Lachen, und Martin wurde ein wenig röter im Gesicht. Karli fand, daß es eigentlich sehr ungezogen von dem blonden Jungen war, sich in ihr Gespräch einzumischen und den dicken Martin auszulachen, aber der blonde Junge sah aus, als ob er sich immer in die Gespräche anderer Leute einmischen würde. Es schien ihm viel Spaß zu machen, sich einzumischen. Das kleine, zarte Mädchen an seiner Seite betrachtete ihn hingerissen.
»Daß ich nicht lache!« sagte der Blonde. »Du und der Stärkste!«
»Du brauchst es ja nicht zu glauben«, meinte Martin beleidigt.
»Tu ich auch nicht«, sagte der Blonde. »Ich wette mit dir, daß ich mit einer Hand stärker bin.«
»Lächerlich«, sagte der dicke Martin und grunzte verächtlich.
Der Blonde stieß ihn in den Rücken, nur so zum Spaß, aber Martin zuckte zusammen.
»Wir können es ja einmal untersuchen«, sagte der Blonde. »Ich heiße Helmut, und ich wette mit dir, daß ich dich in zwei Minuten auf den Rücken lege.«
»Ich wette nie«, erklärte Martin. Er schien nicht nur dick und stark, sondern auch sehr diplomatisch zu sein.
»Weil du dich nicht traust«, sagte Helmut triumphierend.
»Nein«, sagte Martin, »weil ich Wetten nicht mag!«
»Feigling!« sagte Helmut herausfordernd.
»Ha!« sagte Martin und biß in seinen Apfel. Karli lachte ein bißchen aus Nervosität. Beim Lachen tat ihm der Hals

weh. Er hörte schnell zu lachen auf, denn es war ihm unangenehm, an seinen Hals erinnert zu werden. Die Mutter des kleinen, zarten Mädchens trat an das Autofenster.
»Na, Hanna«, sagte sie, »hast du schon Freunde gefunden?«
»O ja«, erwiderte die kleine Hanna und blickte scheu und bewundernd zu Helmut hinüber. Ihre Mutter wandte sich gleichfalls an den blonden Jungen.
»Paß ein wenig auf Hanna auf, bitte, ja?« fragte sie. »Sie ist ein bißchen ängstlich und unbeholfen und noch nie allein fortgefahren.«
Helmut stand auf und verbeugte sich wie ein Erwachsener.
»Sie brauchen keine Angst zu haben, gnädige Frau«, sagte er ernst. »Hanna steht unter meinem Schutz.«
Karli blinzelte. Helmut sagte wirklich ›gnädige Frau‹ und ›unter meinem Schutz‹! Es klang unerhört erwachsen, und Karli wünschte, er hätte die Worte gesagt. Auch der dicke Martin schien sehr beeindruckt zu sein. Er schluckte hinunter, sah aus dem Fenster zu Hannas Mutter hinunter und äußerte: »Unter meinem Schutz auch!« Dabei sah er Helmut herausfordernd an. Hannas Mutter bemerkte den Blick nicht und sagte erfreut: »Na, dann kann ja überhaupt nichts passieren, Hanna, wenn du zwei so starke, nette Jungen zu Freunden hast, gelt?«
Hanna nickte mit sorgenvollen Augen und sagte leise: »Nein, hoffentlich nicht!« Sie schien sehr ängstlich zu sein. Martin drehte sich zu ihr um und reichte ihr einen Apfel. »Da«, sagte er. »Iß! Damit du groß und stark wirst!«
»Danke«, sagte Hanna und lächelte ihm zu. Dann biß sie in den Apfel. Der blonde Helmut ärgerte sich. Die erste Runde hatte eindeutig der dicke Martin gewonnen.

Ehe er jedoch dazu kam, Hanna seinerseits einen Gefallen zu erweisen, ereignete sich beim Eingang des Autobusses etwas, was seine Aufmerksamkeit vollkommen gefangennahm. Er stand auf und sah nach vorne. Er traute seinen Augen nicht. Denn beim Eingang des Autobusses stand eine kleine Menschengruppe. In der Mitte der Menschengruppe stand ein kleines Mädchen. Und neben dem kleinen Mädchen stand ein schwarzes Schaf!
Das schwarze Schaf war so dick und wollig, daß man zunächst überhaupt nicht sagen konnte, wo vorne und hinten war. Man hätte ihm eine Zigarre in den Mund stecken müssen, um es sagen zu können. Ferner stand das schwarze Schaf sehr unglücklich und bedrängt im weißen

Schnee und schien darunter zu leiden, daß alle Leute es anstarrten.
Die Mutter des Mädchens, welches das Schaf an einem Strick festhielt, sprach gerade mit Tante Beate.
»Liebe Frau Beate«, sagte sie bittend, »erlauben Sie doch ausnahmsweise, daß Lucie Josef mitnimmt!«
»Wen mitnimmt?« fragte Tante Beate verblüfft.
»Josef«, sagte die Mutter. »So heißt das Schaf.«
»Ich habe hier einen Ferienkindertransport und nicht einen Ferienschafetransport«, sagte der Chauffeur Wiedmann, der dazutrat, und betrachtete das schwarze Schaf, das Josef hieß, mit Widerwillen.
»Es ist ein gutes, stilles Schaf«, sagte die Mutter. »Es macht nichts schmutzig, und es beißt nicht.«
»Es wird ganz still in einer Ecke liegen und schlafen«, sagte die kleine Lucie.
»Sie werden keine Scherereien mit ihm haben«, sagte die Mutter. Tante Beate schüttelte hilflos den Kopf.
»Aber, um alles in der Welt, was sollen wir mit dem Schaf denn in Schruns anfangen?«
»Da machen Sie sich gar keine Sorgen, Frau Beate!« rief die Mutter. »In Schruns wird Josef vom Autobus abgeholt. In Schruns erwartet man ihn bereits!«
»Wer erwartet ihn?« fragte Wiedmann mißtrauisch.
»Der Besitzer«, sagte Lucie.
»Wenn der Besitzer in Schruns ist, was macht das Schaf dann in Salzburg?« fragte Wiedmann weiter. Die Sache kam ihm sehr verdächtig vor.
»Es war bei uns nur zu Besuch«, sagte Lucie. Ihre Mutter unterbrach sie und erklärte gleich die ganze Situation. »Wir haben Verwandte in Schruns«, sagte sie. »Zu Ostern brachten sie uns ein ganz kleines Lamm als Über-

raschung.« Alle sahen den riesengroßen schwarzen und fetten Josef an und konnten sich kaum vorstellen, daß er einmal ein ganz kleines Lamm gewesen sein sollte. »Es blieb bei uns und wurde immer größer«, sagte Lucies Mutter. »Und als der Winter kam, da wuchs ihm auch noch dieser unheimliche Pelz, und jetzt ist es soweit, daß wir Josef unbedingt zurückschicken müssen.«

»Warum?« fragte Tante Beate.

»Warum was?«

»Warum ist es jetzt soweit, daß Sie ihn zurückschicken müssen?«

»Unsere Wohnung ist zu klein«, sagte Lucies Mutter betreten. »Josef braucht zuviel Platz. Zuletzt hielt er das ganze Kinderzimmer besetzt. Das geht doch nicht, nicht wahr?«

Tante Beate nickte. Das ging wirklich nicht. Sie sah unentschlossen zu Josef hinunter. (Sie hatte inzwischen entdeckt, wo hinten und vorne war.) Josef erwiderte ihren Blick gramvoll.

»Und deshalb müssen wir ihn zurückgeben«, beendete Lucies Mutter ihren Bericht. »Wir haben unseren Verwandten bereits geschrieben, sie erwarten Josef. Aber mit der Eisenbahn kann man so ein Tier doch unmöglich allein fahren lassen. Und weil doch Lucie ohnehin nach Schruns fährt und weil es doch bestimmt keine großen Umstände machen würde, da haben wir gedacht ... da haben wir gehofft ... ich meine, wir glaubten ...« Lucies Mutter verwirrte sich. Sie brach plötzlich ab und sah Tante Beate nur flehend an.

Tante Beate sah Herrn Wiedmann an.

Herr Wiedmann sah das schwarze Schaf an.

Das schwarze Schaf sah Tante Beate an.

»Ja, also . . .«, sagte Tante Beate.
»Es ist gegen die Vorschrift«, sagte Herr Wiedmann.
»Andererseits«, sagte Tante Beate, »kann man das Schaf nicht so einfach weiter in Lucies Kinderzimmer wohnen lassen, nicht wahr?«
»Natürlich kann man das nicht«, brummte Herr Wiedmann und zündete sich verlegen eine Zigarette an.
»Es wird Ihnen bestimmt nicht die allergeringsten Schwierigkeiten bereiten, Frau Beate«, flehte Lucies Mutter.
»Ganz bestimmt nicht!« rief Lucie wie ein Echo.
»Na, also dann schön«, sagte Tante Beate. Und Herr Wiedmann sagte: »Meinetwegen, ich weiß von nichts!«
»Danke!« rief Lucie. Und auch ihre Mutter bedankte sich erleichtert.
»Schon gut«, sagte Herr Wiedmann, räusperte sich und schubste das Schaf Josef in den Autobus. »Dann wollen wir aber endlich machen, daß wir weiterkommen!« Er hob Lucie hoch und schob auch sie in den Autobus hinein. Sie lehnte sich noch einmal hinaus, um von ihrer Mutter Abschied zu nehmen, dann folgte sie Josef, der mittlerweile weiter nach hinten getrottet war und sich im Mittelgang, neben dem Sitz des blonden Helmut, niedergelassen hatte. Lucie sah sich um. Auf der anderen Seite des Ganges, links neben Helmut, war noch ein Platz neben einem stillen Jungen frei, der ihr freundlich entgegensah. Dorthin setzte sie sich.
»Guten Morgen«, sagte sie. »Ich heiße Lucie.«
»Ich heiße Thomas«, sagte ihr Nachbar und lächelte, während sie einander die Hand gaben.
Tante Beate kletterte in den Autobus und schloß die Tür hinter sich. Herr Wiedmann setzte sich ans Lenkrad und

ließ den Motor anspringen. Die Mütter drängten an die Fenster, die Kinder standen auf, und ein allgemeines Auf-Wiedersehen-Sagen begann. Es dauerte nicht sehr lange. Denn Herr Wiedmann trat auf das Gaspedal, und der große rote Autobus rollte langsam an. Er fuhr über den Schnee des breiten Platzes einen Bogen, erreichte die Straße und erhöhte seine Geschwindigkeit.

Die Mütter und Väter winkten mit ihren Taschentüchern. Die 19 Kinder winkten zurück und sahen, wie die Eltern kleiner und kleiner wurden. Bei der nächsten Straßenecke verschwanden sie ganz. Nun würde man sie erst am 6. Januar wiedersehen. Das große Abenteuer hatte begonnen!

Das Schaf Josef lag still auf dem Boden des Ganges und atmete schwer.

Der dicke Martin fuhr fort, seine Schinkensemmeln zu essen. Die kleine, zarte Hanna weinte ein bißchen in ein kleines, zartes Taschentuch hinein, denn der Abschied von der Mutter war ihr sehr nahegegangen.

Der blonde Helmut legte tröstend einen Arm um ihre Schulter und sah sie ermutigend an.

Und der kleine Karli schluckte vorsichtig, um festzustellen, ob sein Hals noch schmerzte. Der Hals schmerzte noch. Karli beschloß bedrückt, möglichst wenig zu schlucken.

Der große rote Autobus erreichte die verschneite Brücke und verschwand schnell im Gewimmel des morgendlichen Verkehrs . . .

Eine halbe Stunde später waren sie bereits auf der Landstraße, die nach Zell am See führte. Hier lag der Schnee viel höher, und in der Sonne leuchtete er viel stärker als der Schnee in der Stadt.

Am Straßenrand wanderten Telegrafenstangen vorüber,

kleine Häuser, manchmal ein Dorf und manchmal ein tief verschneites Stück Wald. Es war sehr warm im Inneren des Autobusses und sehr gemütlich. Die 19 Kinder hatten damit angefangen, Freundschaften zu schließen. Sie unterhielten sich miteinander, sie lachten und plauderten, und Tante Beate wanderte hin und her und sah zu, daß alles in Ordnung war und sich alle zufrieden fühlten.
Die kleine Hanna hatte noch immer nicht ihre Ängstlichkeit abgelegt. Sie saß in die Ecke ihres Sitzes beim Fenster gepreßt und sah erschrocken hinaus ins Freie, wo die Landschaft auf eine erschreckend heftige Weise vorübersauste.
»Wir fahren sehr schnell, nicht?« fragte sie Helmut.
»Das ist gar nichts«, sagte er beruhigend und herablassend. »Höchstens fünfzig Kilometer!«
»Wenn wir auf Glatteis kommen und der Autobus zu rutschen beginnt, dann kann ein schreckliches Unglück geschehen bei dem Tempo!«
»Aber wo!« sagte Helmut.
»Doch«, sagte Hanna, »ich habe schon in der Zeitung von solchen Sachen gelesen!«
»Unsinn«, sagte Helmut. »Ich kann selbst Auto fahren, und ich würde auf dieser Straße ruhig hundert Kilometer riskieren, ohne daß du deshalb Angst haben müßtest!«
»Na, na«, sagte Martin, der zugehört hatte.
»Hast du etwas gesagt?« erkundigte sich Helmut.
»Ich habe ›na, na‹ gesagt«, erklärte der dicke Martin.
»Na, na, was?«
»Ich glaube nicht, daß du einen Autobus lenken kannst. Und schon gar nicht im Hundert-Kilometer-Tempo.«
»Wollen wir wetten?«
»Ich wette nie«, sagte Martin. Er sagte es bereits zum

zweitenmal, und deshalb ärgerte er damit den blonden Helmut doppelt.
»Ich werde es euch beweisen!« rief dieser aufgebracht.
»Bitte nicht«, sagte Hanna. »Ich möchte nicht, daß du es uns beweist. Ich hätte viel zuviel Angst.«
»Da hast du es«, sagte der dicke Martin. Er drehte sich um und starrte Helmut an. »Du nimmst überhaupt den Mund zu voll«, meinte er.
»Ach was!« rief dieser. Er drehte sich ärgerlich zur Seite. Es hatte ihn gekränkt, daß Hanna sagte, sie hätte viel zuviel Angst, wenn er den Autobus lenken würde. Sie war eben auch nur ein feiges, dummes Mädchen. Mit Mädchen sollte man überhaupt gar nicht erst anfangen, dachte Helmut wütend. Er sah vor sich hin auf den Boden, und sein Blick fiel dabei auf das Schaf Josef, das friedlich vor seinen Füßen lag. Helmut mußte seinen Zorn irgendwie loswerden. Das Schaf schien ihm ein herrliches Mittel zu diesem Zweck.
Er blickte Lucie an.
»Du«, sagte er, »dein Schaf stinkt aber scheußlich!«
Lucie sah ihn entgeistert an.
»Das ist nicht wahr!« rief sie. »Mein Schaf stinkt nicht!«
»Doch«, sagte Helmut.
»Nein!«
»Doch!«
»Nein!!!« Lucie bekam einen roten Kopf.
*»Es stinkt«*, sagte Helmut nachdrücklich, und um zu zeigen, wie nachdrücklich er es meinte, gab er dem Schaf Josef einen kleinen Tritt. Das Schaf zuckte zusammen. Im allgemeinen heißt es immer, Schafe haben keinen Verstand. Im Falle des Schafes Josef lagen die Dinge anders. Das Schaf Josef war ein außergewöhnlich kluges und auf-

geweckktes Schaf. Es hatte sehr gut bemerkt, daß Helmut es nicht leiden konnte, und der Tritt, den er ihm gab, kam Josef gar nicht so unerwartet. Weil er ihm nicht unerwartet kam, richtete Josef auch sofort den Kopf auf und schnappte nach Helmuts Bein. Er schnappte nicht sehr fest, und er zwickte den Jungen eigentlich auch nur in die Haut, ohne ihn richtig zu beißen – aber Helmut erhob augenblicklich ein riesengroßes Geschrei.
»Tante Beate! Tante Beate!« rief er laut. Sie kam sofort zu ihm geeilt.
»Was ist denn los?« fragte sie aufgeregt.
»Lucies Schaf hat mich gebissen«, rief Helmut weinerlich und untersuchte sein Bein.
Martin betrachtete ihn ironisch.
»Ich verstehe nicht, wie man so wehleidig sein kann«,

meinte er, und seine Augen hinter der Hornbrille blinzelten erfreut Hanna zu.
»Du weißt ja nicht, wie weh es tut!« rief Helmut. »Ich sitze hier friedlich und ruhig, und auf einmal beißt dieses Biest mich ins Bein!«
Tante Beate hatte mittlerweile den ›Biß‹ untersucht und richtete sich jetzt lächelnd wieder auf.
»Na«, sagte sie, »so arg scheint es ja nicht gewesen zu sein.«
»Es tut aber schließlich weh!« behauptete Helmut.
»Josef kann nichts dafür«, sagte Lucie aufgeregt.
»O ja, er kann!«
»Nein! Du hast ihn getreten, und da hat er nach dir geschnappt!« rief Lucie, den Tränen nahe.
»Das stimmt nicht!« rief Helmut.
»Oh!« rief Lucie entsetzt. »Wie kannst du so lügen?«
»Du lügst selber«, sagte Helmut trotzig.
»Lucie lügt nicht«, sagte in diesem Augenblick der Junge, der Thomas hieß und an Lucies Seite saß. Er hatte eine ruhige, angenehme Stimme, und sie klang so, als ob Thomas sich immer zuerst gut überlegte, was er dann sagte. »Lucie lügt nicht! Du hast das Schaf getreten. Daraufhin hat es nach dir geschnappt.«
Das Schaf selbst lag wieder wie ein Bettvorleger auf dem Boden und rührte sich nicht. Für das Schaf war der Fall erledigt. Für Helmut war er es noch nicht.
»Ich habe es nicht getreten, ich habe es nur geschubst!« sagte er bockig.
»Warum hast du es geschubst?« fragte Tante Beate.
»Weil es stinkt«, sagte Helmut.
Das war eine ganz verkehrte Antwort, denn nun kniete Tante Beate nieder und roch lange und gewissenhaft an

Josef. Danach richtete sie sich wieder auf und sagte kopfschüttelnd: »Es stinkt *nicht*!«
»Doch stinkt es!« sagte Helmut. »Für mich doch!«
Tante Beate betrachtete ihn längere Zeit. Er erwiderte ihren Blick, aber zuletzt sah er zur Seite.
»Mein Lieber«, sagte Tante Beate schließlich, »wenn du findest, daß Josef unangenehm riecht ...«
»Ja, das finde ich!« rief er.
»... dann gibt es nur eine Möglichkeit«, fuhr sie fort. »Du wirst dich ein bißchen nach hinten zu den Koffern setzen. So lange, bis du findest, daß die Luft dort auch nicht besser ist als hier.« Sie nahm ihn an der Hand und führte ihn sanft nach hinten.
»Bitte«, sagte Helmut. Er war wütend. Er hörte, wie jemand lachte. Und dann mußte er noch sehen, wie Martin plötzlich aufstand und sich neben die kleine Hanna setzte. Das hatte er notwendig gehabt!
»Wenn du lieber wieder nach vorne zu den anderen kommen willst, mußt du es nur sagen«, meinte Tante Beate. Und dann ließ sie ihn allein.
Helmut saß zwischen den Koffern und Rucksäcken und sah böse zu, wie die Kinder im Autobus lachten und plauderten. Hanna unterhielt sich mit dem dicken Martin und Lucie mit Thomas. Und Tante Beate hatte sich zu Karli gesetzt.
Helmut dachte nach. Am liebsten wäre er aufgestanden und wieder nach vorne gegangen und hätte gesagt, daß es ihm leid tat, was er angestellt hatte. Aber dann hätten die anderen ihn vielleicht für einen Feigling gehalten! Sie hätten gedacht, er wäre aus Angst vor Tante Beate zurückgekommen! Nein, das wollte er auch nicht! Und so blieb er zwischen den Koffern und Rucksäcken sitzen,

während die anderen sich vergnügt unterhielten und draußen die Landschaft sich vorüberdrehte wie auf einem Plattenspieler.

Je länger er so dasaß, um so wütender wurde er auf das Schaf Josef. Das Schaf war an allem schuld. Mit dem Schaf hatte alles angefangen! Er würde dem Schaf schon noch eins auswischen! Er dachte lange darüber nach, wie er das wohl anstellen konnte, aber es fiel ihm nichts Brauchbares ein. Erst gegen Mittag, als der Autobus hielt, damit die Kinder ein bißchen herumlaufen und etwas essen konnten, hatte er dann eine Idee. Es war weit hinter Zell am See, auf der Straße nach Bergstadt.

Der Autobus hielt am Rand der weißen Landstraße zwischen den Feldern. Die Sonne schien, es war sehr warm, und hinter den Feldern sah man den verschneiten Rand eines dichten Waldes. Tante Beate kletterte zuerst ins Freie und half dann den Kindern heraus. Der Chauffeur, Herr Wiedmann, zündete sich eine Pfeife an. Und Tante Beate ging mit den Kindern ein Stück die Straße hinunter, wo sie sich alle auf Decken in den Schnee kauerten, aus ihren Köfferchen und Täschchen Butterbrote und Obst nahmen und zu essen begannen.

Helmut ging nicht mit. Er saß bockig im Autobus, und als Tante Beate ihn aufforderte mitzukommen, sagte er nein. Das Schaf lag noch immer vor ihm. Lucie hatte Herrn Wiedmann gebeten, die Autotür besonders gut zu schließen, damit Josef nicht ausreißen konnte, und als Helmut nun sah, wie sie alle mit ihrem Mittagessen beschäftigt waren, da beschloß er, es ihnen heimzuzahlen.

Heimlich und leise, still und sehr vorsichtig schlich er zum Ausgang und öffnete die Tür. Dann schlich er zurück und gab dem Schaf noch einen Schubs. Das Schaf spürte die

kalte Luft von draußen, erhob sich und trottete nach vorne, dann sprang es ins Freie. Helmut lachte.
Das Schaf stand einen Augenblick reglos im Schnee und sah sich um. Gleich darauf hatte Lucie es erblickt.
»Josef!« rief sie entsetzt.
Josef hörte den Ruf und setzte sich in Bewegung. Er lief in der entgegengesetzten Richtung davon und in die verschneiten Felder hinein. Weil er so dick war, sah er aus wie eine große, dunkle Kugel.
»Josef!« schrie Lucie verzweifelt, während auch die anderen Kinder aufsprangen. »Oh, Tante Beate, Helmut hat Josef ausgelassen!« Sie begannen alle, dem Schaf nachzulaufen, um es wieder einzufangen. Alle, bis auf Herrn Wiedmann und auf Helmut.
Die beiden blieben beim Autobus zurück.
Die anderen rannten über den verschneiten Acker dem dicken Schaf nach, das schon beinahe beim Wald war.
Tante Beate holte Lucie ein, die bitterlich weinte, und nahm sie an der Hand.
»Sei ruhig, Lucie«, sagte sie. »Wir werden dein Schaf schon fangen!«
»Oh, Tante Beate«, rief Lucie aufschluchzend, »warum hat Helmut die Tür aufgemacht? Ich habe ihm gar nichts getan, und er hat die Tür aufgemacht und Josef hinausgestoßen! Warum, Tante Beate, warum?«
So, seht ihr, das haben wir schon einmal gelesen.
Aber damals wußten wir noch nicht, wie alles zusammenhing. Wie der rote Autobus mit den 19 Kindern auf die Landstraße kam, wohin sie fuhren, woher sie kamen und welche Bewandtnis es mit Helmut und dem schwarzen Schaf hatte.
Jetzt wissen wir es. Weil wir die Zeit zurückgedreht ha-

ben und noch einmal nach Salzburg zurückgekehrt sind, wo alles begann. Und nun können wir unsere Geschichte in aller Ruhe weitererzählen. Wir werden dort anfangen, wo wir aufgehört haben.
Dort, wo die 18 Kinder und Tante Beate am Waldrand standen und mit Bitten und Locken versuchten, das Schaf Josef zu bewegen, zu ihnen zurückzukehren.

*

»Josef!« rief Lucie.
»Josef!« riefen die 17 anderen Kinder.
»Josef!« rief Tante Beate.
Aber Josef kam nicht.
Er saß im Dickicht des verschneiten Waldes, sah verschreckt und mißtrauisch auf das Feld hinaus, und wenn eines der Kinder ihm näher kam, zog er sich sofort weiter in den Wald zurück. Es war inzwischen noch wärmer geworden, und von dem steilen Berghang, der dem Wald auf der anderen Seite der Straße gegenüberlag, wehte ein föhniger Wind.
Thomas hatte sich still und nachdenklich von den anderen entfernt. Er ging den Rand des Ackers entlang und war bald allein. Er hatte die Absicht, einen großen Bogen um das Schaf zu beschreiben und sich möglichst unbemerkt von der anderen Seite an Josef heranzuarbeiten. Wenn er ihn so aufscheuchte, dann war zu hoffen, daß Josef den Wald verlassen und auf das Feld hinauslaufen würde, wo die anderen Kinder ihn leichter fangen konnten.
Als Thomas fand, daß er weit genug von den Kindern entfernt war, begann er, in den Wald hineinzugehen. Das war gar nicht so einfach, er blieb immer wieder an Ästen

und Wurzeln hängen und fühlte, wie seine Schuhe schwer vom Schnee und naß wurden. Plötzlich erblickte er zwischen den Bäumen auf einer kleinen Lichtung eine Holzkrippe. Die Krippe sah aus wie ein großer Waschtrog mit einem Dach. Thomas trat näher. Sie war mit Futter für Rehe und andere Tiere des Waldes gefüllt. In einem Nebenfach sah er ein weißes, glänzendes Pulver, das er zunächst für Schnee hielt.
Aber wie kam der Schnee in die Krippe? Das Dach mußte ihn doch abhalten!
Thomas überlegte hin und her, dann siegte seine Neugier, und er versuchte, indem er einen Finger mit einem Körnchen des weißen Pulvers in den Mund steckte, festzustellen, wonach es schmeckte. Dann nickte er zufrieden.
Das Pulver schmeckte genauso wie Salz. Und im nächsten Augenblick hatte Thomas eine großartige Idee.

*

Die anderen standen noch immer am Waldrand und versuchten, Josef aus seinem Versteck zu locken, als Thomas, ziemlich außer Atem, angerannt kam.
»Tante Beate!« rief er. »Tante Beate!«
Sie sah ihm neugierig entgegen.
»Was hast du denn da?« fragte sie erstaunt, und auch die anderen Kinder kamen näher und starrten Thomas an, der seinen Mantel ausgezogen und ihn wie ein Bündel über den Rücken geworfen hatte. Er trug etwas in seinem Mantel, das konnte man deutlich sehen, und dieses Etwas schien sehr schwer zu sein.
»Ja, was hast du?« riefen ein paar Kinder. Thomas ließ das Mantelbündel in den Schnee fallen und rang nach Luft.

»Salz!« sagte er dann stolz.
»Was?« riefen ein paar Stimmen.
Thomas nickte zufrieden.
»Jawohl«, sagte er, »Salz!« Und er berichtete rasch, wo er es gefunden hatte. Die Kinder sahen ihn verständnislos an.
»Ja, aber was willst du denn mit dem Salz anfangen?« fragte schließlich Lucie und wischte sich die verweinten Augen trocken.
»Mit dem Salz werden wir dein Schaf fangen«, erklärte Thomas. Danach war es einen Augenblick ganz still, so verblüfft waren alle.
»Mit dem Salz?«
»Ja, mit dem Salz!« sagte Thomas und sah Tante Beate an. Diese lächelte plötzlich, legte ihm eine Hand auf die Schulter und sagte freundlich: »Du bist ein sehr kluger Junge, Thomas! Ich gratuliere dir zu deinem Einfall!«
Der dicke Martin drängte sich vor.

»Ich verstehe kein Wort«, behauptete er.
»Paßt einmal auf«, sagte Tante Beate. »Was glaubt ihr wohl, warum in der Futterkrippe für die Tiere Salz war?«
»Wahrscheinlich, weil die Tiere Salz gern haben«, sagte die schüchterne kleine Hanna.
»Sehr richtig!« Tante Beate nickte. »Die Tiere haben sehr gern Salz, und um ihnen eine Freude zu machen, haben es die Menschen in die Krippe gestreut.«
»Das stimmt!« rief ein Junge. »Wir hatten einmal eine Ziege, die war ganz verrückt nach Salz!«
»Außerdem haben wir es in der Schule gelernt«, sagte Thomas. Lucie sah ihn staunend an.
»Glaubst du, daß Josef auch gern Salz hat?«
»Alle Schafe haben gern Salz«, erklärte er. »Und da habe ich mir gedacht: Wenn wir das Salz in den Schnee streuen, dann wird Josef aus dem Wald herauskommen und die Spur entlang lecken. Und wenn wir das Salz so streuen, daß die Spur bis zum Autobus zurückführt . . .«
». . . dann wird er in den Autobus zurückklettern!« rief Lucie und klatschte in die Hände.
Die Kinder sahen Thomas ehrfurchtsvoll an.
Nur der dicke Martin konnte es sich nicht verkneifen, zu Hanna zu sagen: »Wenn ich heute schon mehr gegessen hätte, wäre ich selber auf die Idee gekommen!«
Darüber mußten die anderen lachen, und Martin lachte zuletzt mit. Dann sagte Tante Beate: »Also paßt auf: Wir gehen jetzt alle zum Autobus zurück und verstecken uns auf seiner anderen Seite, damit das Schaf uns nicht sieht. Weil Thomas den Einfall mit dem Salz gehabt hat, glaube ich, daß wir es ihn auch streuen lassen werden, nicht wahr?«
Die Kinder nickten zustimmend.

»Und wenn Josef im Autobus ist, dann werfen wir einfach die Tür hinter ihm zu!« rief ein Mädchen.
»Und wenn wir die Tür zugeworfen haben, dann werde ich dem Helmut eine kleben!« versprach Martin, der sich bemühte, auch etwas Hilfreiches zu tun.
»Nein«, sagte Tante Beate. »Das wirst du nicht. Helmut wird sich bei Lucie entschuldigen, und dann werden wir nicht mehr von der Sache reden!« Sie nahm ein kleines Mädchen an der Hand, und alle mit Ausnahme von Thomas gingen schnell durch den Schnee zum Autobus zurück.
»Schade«, sagte der dicke Martin unterwegs.
»Was ist schade?« fragte Hanna, die an seiner Seite ging.
»Schade, daß er sich entschuldigen muß«, sagte Martin. »Ich hätte ihm gerne eine geklebt.« Er seufzte. »Na«, sagte er, »aufgeschoben ist nicht aufgehoben!«
Als sie den Autobus erreichten, erklärte Tante Beate Herrn Wiedmann, was sie vorhatten, und danach versteckten sich alle auf der anderen Seite des Wagens. Sogar Helmut versteckte sich. Er versteckte sich hinten beim Auspuff. Er hatte ein sehr schlechtes Gewissen.
Unter dem Autobus durch sahen nun 18 Kinder, Tante Beate und Herr Wiedmann gespannt hinüber zum Waldrand, wo Thomas damit begonnen hatte, Salz in den Schnee zu streuen. Er streute es nicht in einer ununterbrochenen Spur, sondern in Abständen, damit das Schaf sich an so viel Salz nicht den Magen verdarb und vielleicht mitten auf dem Acker genug bekam.
In seinem Gebüsch saß Josef und sah ihm mißtrauisch zu. Er bemerkte, daß der Junge vor ihm immer wieder etwas Weißes, Glitzerndes in den Schnee warf, und er wurde neugierig. Ein paar Schritte können nicht schaden, dachte

Josef. Es war ja weit und breit kein Mensch zu sehen, warum sollte er es nicht riskieren? Und so kam er schließlich aus dem Dickicht etwas heraus und schnupperte an der Stelle, wo die Salzspur begann.
Drüben hinter dem Autobus hielten die Kinder den Atem an.
»Jetzt!« rief Lucie.
»Pssst!« machten die anderen, und sie schwieg erschrocken.
Thomas hatte die Spur bis zum Eingang des Autobusses gestreut und kam nun zu ihnen. Auch er sah gespannt zum Waldrand hinüber. Dort hatte das Schaf inzwischen die Nase in das Salz gesteckt. Mit einem sehr verwunderten Gesichtsausdruck sah es auf. Dann leckte es seine

Nase ab. Und dann grunzte es laut vor Vergnügen. Das war ja seine Lieblingsspeise!
Josef leckte den Schnee ab, so schnell es ging. Bald kam verdorrtes Gras zum Vorschein. Aber Josef hatte einmal Salz geschmeckt, und mit seiner Seelenruhe war es vorüber! Laut grunzend und aufgeregt marschierte er aus dem Wald heraus auf den Acker und machte sich über den nächsten Salzfleck her.
Beim Autobus nickte Thomas befriedigt.
»Allerhand«, sagte Herr Wiedmann und klopfte ihm anerkennend auf die Schulter. (Um dieses Schulterklopfen beneidete ihn Martin brennend.) Ein paar von den Kindern beleckten ihre eigenen Lippen, als wären sie selber Schafe. Aber das taten sie nur vor Aufregung.

Das Schaf leckte sich Meter um Meter näher. Einmal schien es mitten auf dem Acker plötzlich genug zu haben, und den Kindern stand das Herz beinahe still. Aber dann besann sich Josef und leckte weiter. Nach einer Viertelstunde war er bis auf ein paar Meter an den Autobus herangekommen. Herr Wiedmann erhob sich geräuschlos und schlich um die Motorhaube herum. Und als in der einundzwanzigsten Minute das Schaf direkt unter der offenen Autotür leckte, da stürzte der Chauffeur sich nach vorne, packte es am Fell und stieß es mit einem triumphierenden Aufschrei in das Auto hinein, worauf er hinter ihm donnernd die Tür zuwarf.
»Hurra!« riefen die Kinder. Und alle drängten nach vorne, um Josef zu sehen, der mit einem sehr dummen Gesichtsausdruck im Mittelgang saß und den Kopf schüttelte. Lucie lief zu Thomas und bedankte sich bei ihm.
»Bitte«, sagte dieser, »es ist gerne geschehen!«
Gerade als Lucie ihn wieder verlassen und zu Josef gehen wollte, klopfte ihr jemand auf die Schulter. Sie drehte sich um. Hinter ihr stand Helmut.
»Ja?« sagte Lucie.
»Es tut mir leid, was ich getan habe«, sagte Helmut und bekam einen roten Kopf dabei. »Bitte, verzeih mir!«
Lucie öffnete den Mund, um »Aber natürlich!« zu sagen. Doch sie kam nicht mehr dazu. Denn in diesem Augenblick geschah etwas Furchtbares.
Zunächst donnerte es laut.
Das war nun eigentlich etwas ganz Lächerliches, denn zu Weihnachten hat wohl noch niemand ein Gewitter erlebt! Die Kinder glaubten deshalb auch zuerst, sie hätten nicht recht gehört, und sahen verwirrt zu Tante Beate. Aber das Donnern hörte nicht auf! Im Gegenteil.

Es wurde lauter und lauter, und bald darauf hätte man schreien müssen, um sich noch verständigen zu können. Gleichzeitig mit dem Donnern wurde es dunkel, so, als ob es plötzlich Nacht werden wollte. Dazu kam ein heftiger Wind auf, der um den Autobus heulte. Die Kinder rannten zu Tante Beate und klammerten sich an sie. Hanna weinte laut, und der dicke Martin kroch blitzschnell unter den Autobus. Dabei sah er zu dem steilen Hang hinüber und schrie auf.

»Dort!« brüllte er. Dann verbarg er den Kopf im Schnee.

Die anderen sahen alle in die Richtung, in die er gewiesen hatte. Und dann stand ihnen beinahe das Herz still. Über den Steilhang herunter schoß eine riesige dunkle Masse. Die Masse war so groß wie ein Haus, nein, so groß wie zehn Häuser, so groß wie fünfzig Häuser, sie riß Bäume und Felsen mit sich fort!

Das Donnern war so laut geworden, daß man nicht mehr verstehen konnte, was Tante Beate schrie. Die Kinder warfen sich in den Schnee. Der Sturmwind preßte sie zu Boden. Die dunkle Masse raste weiter unten ins Tal, und der Erdboden zitterte. Vom Hang herunter raste ebenfalls eine dunkle Masse, wenn auch kleiner, nach der anderen Seite des Berges, so daß der Autobus zwischen den beiden lag.

Die Luft war erfüllt von Pulverschnee. Steine, Wurzeln, Äste flogen durch die Gegend. Es wurde ganz dunkel, der Autobus zitterte, ein Fenster zerbrach klirrend, und die Kinder preßten sich reglos in den Schnee. Sie konnten nicht denken. Sie konnten nicht einmal weinen.

Das Donnern wurde überlaut, dann riß es plötzlich ab.

Es war wieder totenstill. Zwei Lawinen waren zu Tal gegangen.

# Das zweite Kapitel

*Wir sind noch einmal davongekommen – Was ist eigentlich eine Lawine? – Ein Unglück kommt selten allein – Karli liegt ohnmächtig im Schnee – Die Krankheit mit dem schwierigen Namen – Man darf nie die Nerven verlieren – Es gibt keinen Ausweg – Karli muß unbedingt ins Krankenhaus – Die Kinder stimmen ab, und Agathe leiht ihren neuen Schlitten – Herr Wiedemann macht sich auf einen schweren Weg – Vielleicht müssen wir hier übernachten? – Es geht nur, wenn einer dem anderen hilft – Der dicke Martin kommt in eine entsetzliche Situation.*

Zwei Minuten später war alles vorbei.
Die Sonne schien wieder, der Schnee glänzte hell, und drüben im Wald piepsten aufgeregt ein paar unsichtbare Vögel. Die Kinder, die sich hinter dem Autobus verborgen hatten, erhoben sich langsam. Der erste, der seine Sprache wiederfand, war der Chauffeur Wiedmann. Herr Wiedmann wischte sich den Schweiß von der totenbleichen Stirn und sagte mit heiserer Stimme: »Herrgott, das war aber knapp!«
So als ob dieser Ausspruch einen Bann gebrochen hätte, begannen die Kinder nun durcheinanderzureden. Ein paar Mädchen, unter ihnen Hanna, brachen in Tränen aus und rannten zu Tante Beate. Auch zwei Jungen waren unter ihnen. Sie merkten erst jetzt, da schon alles vorüber war, so richtig, *wie* sehr ihnen der Schreck in die Glieder ge-

fahren war. Herr Wiedmann gab Tante Beate einen kurzen Blick und ging dann mit schnellen Schritten die Landstraße hinunter, um nachzusehen, was geschehen war, während die junge Frau sich bemühte, die Kinder zu beruhigen.

»Ihr braucht keine Angst mehr zu haben!« rief sie. »Jetzt ist schon wieder alles vorbei! Jetzt ist schon wieder alles gut!«

Der dicke Martin lag noch immer unter dem Autobus. Er traute dem Frieden nicht. Nun sah er vorsichtig zu Tante Beate empor, schob seine verrutschte Brille zurecht und fragte aufgeregt: »Was war denn das eigentlich?«

»Zwei Lawinen«, sagte Tante Beate.

Die Kinder kamen näher, sogar Martin kroch aus seinem Versteck hervor, nachdem er noch einen vorsichtigen Blick auf den Steilhang geworfen hatte.

»Was ist eine Lawine?« fragte ein Junge.

»Stellt euch einmal vor«, sagte Tante Beate, »hoch oben in den Bergen beginnt ein kleiner Stein bergab zu rollen. Oder ein bißchen Schnee. Aus dem Schnee wird ein Schneeball, und aus dem Schneeball wird bald eine große Schneemasse, weil der kleine Ball doch immer mehr Schnee mit sich nimmt beim Talwärtsrollen. Je größer die Masse wird, um so schneller rutscht sie. Bald ist sie so groß wie ein Mensch, dann so groß wie ein Autobus, dann so groß wie ein Haus – und zuletzt ist sie so groß, wie ihr es eben gesehen habt. Dann nennt man das eine Lawine. Eine Lawine kann nichts mehr aufhalten. Eine Lawine reißt Bäume und Felsen mit und ...«

Sie konnte nicht weitersprechen, denn in ihren Satz hinein begann Hanna neuerlich laut zu schluchzen.

»Was hast du denn?« Tante Beate sah sie erschrocken an.

»Angst!« rief Hanna und weinte bitterlich. »Was ist, wenn eine neue Lawine den Berg herunterkommt und gerade hierher zu uns?«
»Es wird keine neue Lawine mehr kommen«, sagte Tante Beate. (Aber sie sah dabei ein bißchen bedrückt zu dem Berghang empor.)
»Und wenn sie doch kommt?«
»Sie wird nicht kommen!«
»Ja, das hast du schon einmal gesagt, Tante!« rief ein Junge. »Wenn sie aber *trotzdem* kommt?«
Die Kinder wurden wieder unruhig. Jetzt hatten die meisten von ihnen Angst.
»Rede keinen Unsinn!« sagte Thomas laut zu dem Jungen, der zuletzt gesprochen hatte. »Wir werden ja nicht hierbleiben, sondern weiterfahren!«
In diesem Augenblick sagte eine Stimme hinter ihm: »Nein, das werden wir leider nicht.«
Alle drehten sich um. Herr Wiedmann war zurückgekommen. Er atmete schwer, er schien gelaufen zu sein.
»Warum nicht?« fragte Tante Beate.
»Weil die Straße versperrt ist«, sagte Herr Wiedmann. »Die Lawine hat sie verschüttet, der Schnee liegt meterhoch. Es hat gar keinen Sinn, es erst zu versuchen, wir kommen nie durch.«
»Dann müssen wir zurückfahren!« sagte Tante Beate.
Herr Wiedmann nickte.
»Jawohl«, sagte er, »das müssen wir. Und zwar schnell, verehrte Herrschaften!«
Das ließen sich die Kinder nicht zweimal sagen. Sie rannten zum Eingang des Autobusses und kletterten hinein. Das Schaf Josef hatte sich hinten bei den Rucksäcken und Koffern verkrochen und blinzelte ihnen nervös entgegen.

Es war auch sehr mitgenommen. Außerdem hatte es Durst. Das kam von dem vielen Salz. Thomas erwischte noch eine Handvoll Schnee, bevor er einstieg, und brachte sie Josef, der den Schnee gierig verschlang.

»Sind alle da?« rief Tante Beate und sah sich um.

Der dicke Martin machte eben den Mund auf, um »Ja!« zu rufen, da bemerkte er, daß der Platz neben ihm leer war.

»*Nein!*« rief er laut. »Karli fehlt!«

Tante Beate zuckte zusammen.

»Wo ist er?«

»Ich weiß nicht!« sagte der dicke Martin und sah sich suchend um.
»Karli!« rief Tante Beate. »Karli, wo bist du?«
Und auch ein paar Kinder riefen Karlis Namen.
Er antwortete nicht.
Tante Beate sprang in den Schnee hinaus und lief um den Autobus herum, um Karli zu suchen. Wo konnte er nur sein? Was war mit ihm geschehen? Er war doch eben noch da gewesen . . .
Als sie um den Wagen herumkam, sah sie ihn. Er lag am anderen Ende des Autobusses im Schnee, mit dem Gesicht nach unten.
*»Karli!«* schrie Tante Beate.
Er rührte sich nicht.
Sie rannte zu ihm, zu Tode erschrocken, und schüttelte ihn. Die Kinder im Autobus drängten an die Fenster, ein paar wollten wieder aussteigen.
»Sitzen bleiben!« rief Herr Wiedmann. Er rief es so drohend, daß die Kinder sich tatsächlich wieder setzten.
Tante Beate schüttelte Karli. Er stöhnte ein bißchen, dann schlug er die Augen auf und sah sie verständnislos an.
»Karli!« rief Tante Beate. »Was hast du denn? Was ist mit dir?«
Karli machte den Mund auf, um zu sprechen. Dabei holte er Atem. Es klang, als ob eine Lokomotive heulte, richtig unheimlich.
»Fehlt dir etwas?«
»Durst«, sagte Karli heiser. »Ich habe Durst.«
Tante Beate richtete sich auf.
»Herr Wiedmann!« rief sie. »Ach bitte, kommen Sie doch einmal her!« Der Chauffeur nahm eine Thermosflasche aus einem Fach unter der Windschutzscheibe und sprang

ins Freie. Er rannte zu Karli und Tante Beate. Im Laufen schraubte er schon die Flasche auf, und als er ankam, setzte er sie dem Jungen an die Lippen. Karli trank hastig den süßen Tee, der sich in ihr befand. Tante Beate stützte dabei seinen Kopf.

»Du bist ja ganz heiß«, sagte sie erschrocken und fuhr ihm mit der Hand über die Stirn. »Ich glaube, der Junge hat Fieber«, meinte sie zu Herrn Wiedmann.

»Wie ist denn das passiert?« fragte dieser.

»Ich weiß nicht«, erwiderte Karli und räusperte sich. Er räusperte sich ununterbrochen. Und jedesmal, wenn er sich räusperte, tat ihm der Hals so weh, als hätte man ein Messer in ihn gesteckt und drehte es dauernd hin und her. »Ich habe die Lawine kommen sehen, und ich bin furchtbar erschrocken. Das ist alles. Ich glaube, ich bin dann umgefallen.«

»Hast du Schmerzen?« fragte Tante Beate besorgt.

»Halsweh«, sagte Karli weinerlich.

»Mach einmal den Mund auf«, sagte Herr Wiedmann. Karli folgte gehorsam. Es war ihm alles gleichgültig. Er fühlte sich müde und benommen. Richtig schwindlig. Auf einmal sehnte er sich gar nicht mehr danach, mit den anderen nach Schruns zu fahren. Auf einmal hatte er Sehnsucht nach zu Hause, nach seiner Mutter, nach seinem warmen, weichen Bett. Er wäre gerne in seinem Bett gelegen. Er machte den Mund auf. Tante Beate und Herr Wiedmann sahen ihm in den Hals. Der Hals war weiß belegt, ebenso die Zunge. Die beiden Erwachsenen blickten einander stumm an. Sie machten sehr ernste Gesichter.

»Tut's dir beim Schlucken weh?« fragte der Chauffeur.

»Ja«, sagte Karli mühsam.

»Sehr?«
»Mhm!« Karli war dem Weinen nahe. Herr Wiedmann sah Tante Beate an.
»Der Junge muß schnellstens zum Arzt!« sagte er.
»Sie glauben auch . . .?« fragte sie betreten.
Er nickte.
»Diphtherie«, sagte er dann.
Die Kinder im Autobus drängten nach vorne, als Herr Wiedmann und Tante Beate mit Karli zurückkamen. Sie stützten ihn von beiden Seiten, und der Chauffeur hob ihn zuletzt in den Wagen hinein, so schwach war Karli plötzlich. Sie setzten ihn hinter dem Chauffeur auf eine freie Bank, und Tante Beate setzte sich neben ihn.
Die Kinder redeten durcheinander:
»Was hat der Karli, Tante?«
»Ist er krank?«
»Muß er ins Krankenhaus?«
Tante Beate rief: »Bleibt alle, wo ihr seid! Ja, der arme Karli ist krank. Wir fahren jetzt zurück zur nächsten Stadt und bringen ihn zum Onkel Doktor!«
Herr Wiedmann hatte unterdessen den Motor in Gang gesetzt, er fuhr in den verschneiten Acker hinein, um den Autobus zu wenden. Danach schaltete er um, und sie rollten schnell den Weg zurück, den sie gekommen waren.
Tante Beate stützte Karlis Kopf in ihrem Schoß.
Herr Wiedmann hielt das Steuer umklammert und sah geradeaus.
»Wir hätten den Jungen nie mitnehmen dürfen«, sagte er.
Tante Beate nickte schuldbewußt.
»Ich dachte, er hätte wirklich nur Halsweh«, sagte sie leise.
»Diphtherie ist eine scheußliche Sache«, sagte Herr Wiedmann. »Da geht es um Stunden!«

»Hoffentlich ist nicht auch die andere Lawine . . .«, begann Tante Beate und brach dann ab. Sie wollte sagen: ». . . ist nicht auch die andere Lawine auf die Straße niedergegangen!« Aber sie sagte es nicht, denn sie wollte die Kinder, die hinter ihr saßen und zuhörten, nicht erschrecken.

Herr Wiedmann verstand sie trotzdem.

»Nur ruhig«, sagte er, »wir werden schon durchkommen!«

Sie fuhren jetzt durch ein tiefes Tal. Zu beiden Seiten der Straße erhoben sich steile Berge.

»Die andere Lawine ist bestimmt erst da drüben heruntergekommen«, sagte der Chauffeur noch. »Da brauchen wir keine Angst zu haben.«

Vor ihm beschrieb die Straße einen großen Bogen um einen Felsen. Als sie um den Felsen gefahren waren, sahen sie plötzlich die Straße nicht mehr. Vor ihnen erhob sich eine riesige Wand aus schmutzigem Schnee. Die Schneewand war so groß wie ein hohes Haus, und aus ihr sahen Baumstämme und Steinblöcke heraus. Das Tal schien ganz mit Schnee ausgefüllt zu sein, die Straße war verschwunden. Herr Wiedmann trat hart auf die Bremse. Er hatte sich geirrt.

Auch die zweite Lawine war auf die Straße niedergegangen.

*

Sie waren alle viel zu sehr erschrocken, auch nur ein Wort hervorzubringen. Die Kinder starrten in den schmutzigen Schnee hinein, ein paar hielten sich an den Händen, der dicke Martin legte eine Hand um Hannas

Schulter, neben der er noch immer saß, und sagte: »Keine Angst, wir kommen schon durch!«
Hannas Unterlippe zitterte: »Wir kommen nicht durch! Nie kommen wir hier durch! Schau dir doch den Schnee an, da kann der größte Autobus nicht fahren!«
»Man wird uns von der anderen Seite entgegenkommen und die Straße freischaufeln«, sagte der blonde Helmut, der jetzt vor ihnen auf dem Platz saß, den früher Karli benützt hatte.
»Aber wann?« fragte Hanna verzagt.
Darauf konnte Helmut keine Antwort geben. Er sah bedrückt ins Freie und in das verschüttete Tal und schwieg. Er dachte, daß er auch gerne woanders gewesen wäre. Aber er sagte es nicht. Sonst hätte man ihn am Ende noch für feige gehalten.
Vor ihm sprach Lucie gerade dem dicken, schwarzen Schaf Mut zu.
»Hab' keine Angst«, sagte sie und streichelte Josefs Fell, »heute abend bist du bestimmt zu Hause, es kann sich nur um ein paar Stunden handeln . . .«
Josef leckte ihre Hände ab und schwieg.
»Was sollen wir jetzt machen?« fragte Tante Beate Herrn Wiedmann. Dieser zuckte die Achseln.
»Zurückfahren! Hier ist es hoffnungslos. Vielleicht kann ich drüben bei der anderen Lawine durch die Felder weiterkommen!«
»Und wenn nicht?«
Herrn Wiedmanns Nacken lief rot an. Er drehte sich nicht zu Tante Beate um, während er durch die Zähne sagte: »Tja, dann weiß ich auch nicht, was wir tun sollen!«
Er schaltete den Rückwärtsgang ein, und der große rote Autobus fuhr langsam und vorsichtig ein weites Stück

durch das enge Tal zurück, bis die Straße wieder breiter wurde und Herr Wiedmann wenden konnte. Dann ratterte der Wagen wieder die Straße entlang, die sie gekommen waren. Die Sonne schien hell, es war ein schöner Tag, und man hätte richtig fröhlich sein können. Aber niemand beachtete die Sonne und die Schönheit des Tages. Denn alle mußten immerfort an dasselbe denken: daran, daß sie hier, viele Kilometer entfernt von dem nächsten Ort, in einer tiefen Schneewüste eingeschlossen waren wie in einem großen Gefängnis.
Sie passierten die Stelle, an welcher der Autobus schon einmal gehalten hatte, die Stelle, an welcher Josef, das Schaf, ausgerissen war. Herr Wiedmann griff in die Brusttasche seines buntkarierten Hemdes, holte eine Zigarette heraus und steckte sie zwischen die Lippen. Aber er vergaß, sie anzuzünden. Er paßte nur auf die Straße auf. Zehn Minuten später bot sich ihnen dasselbe Bild. Wieder stiegen zu beiden Seiten der Straße Berghänge empor. Im Schnee konnte man noch die Fußspuren Herrn Wiedmanns erkennen, der hier schon einmal entlanggegangen war. Und dann sahen sie hinter einer Straßenbiegung die Stelle, an der die andere Lawine heruntergerast war. Auch hier schien es aussichtslos, weiterzukommen. Herr Wiedmann bremste und drehte sich um.
»Paßt einmal auf«, sagte er. »Ich will versuchen, einen Bogen um die verschüttete Straßenstelle zu fahren. Durch die Felder und über den Hang. Haltet euch gut an, ihr werdet ein bißchen durcheinandergeschüttelt werden.«
Die Kinder taten, was er sagte, und warteten aufgeregt. Herr Wiedmann fuhr in den Schnee neben der Straße hinein. Der Autobus zitterte und keuchte. Seine Räder holperten und sprangen hin und her, als wollten sie tan-

zen. Herr Wiedmann hielt das Lenkrad mit beiden Händen umklammert, und sein Nacken war noch röter geworden. Er schien sich sehr anzustrengen. Tante Beate hielt Karlis Kopf vorsichtig in die Höhe, damit er nicht allzusehr hin und her gestoßen wurde, und strich ihm über das Haar. Karli sagte nichts. Nur ab und zu räusperte er sich. Er hielt die Augen geschlossen und fühlte sich benommen und müde. Er stellte sich vor, er liege auf einem großen Schiff, das mit den Wellen kämpfte und auf- und niedertauchte. Die Schaukelbewegung ließ ihn noch benommener und müder werden. Seine Glieder waren so schwer wie Blei. Schmerzen hatte er eigentlich nur, wenn er schluckte. Das ›Schiff‹, auf dem Karli sich befand, neigte sich nach rechts und nach links, es hüpfte und schwankte, und plötzlich, mit einem schrecklichen Krach, hielt es an. So, als ob es gegen einen Felsen gestoßen sei. Karli fuhr auf, riß die Augen auf und sagte heiser und erschrocken: »Was ist passiert?«

Er sah, daß der große Autobus mitten auf einem tief verschneiten Hang stehengeblieben war und merkwürdig schief hing. Hinter sich hörte er viele aufgeregte Kinderstimmen.

Und vor sich sah er den rotnackigen Herrn Wiedmann, der sich in seinem Sitz zurückfallen ließ und sagte: »So, jetzt ist es aus!«

*

Der Autobus hatte sich festgefahren.

Mit den Vorderrädern hing er an irgendwelchen durch den Schnee unsichtbaren Felsen fest. Die Mitte des Wagens ruhte gleichfalls auf Gestein. Nur die Hinterräder

drehten sich noch rasend schnell in der Luft. Dann drehten sie sich langsamer, und zuletzt standen sie still. Während die Kinder aufgeregt durcheinandersprachen, holte Herr Wiedmann aus seiner Tasche eine Landkarte hervor und schlug sie auf. Tante Beate neigte sich über ihn.
»Wir sind hier festgefahren«, sagte der Chauffeur dabei. »Wir müssen sehen, ob wir nicht zu Fuß weiterkommen.«
»Könnten Sie es nicht noch einmal versuchen?« fragte Tante Beate vorsichtig, aber er schüttelte den Kopf.
»Nein«, sagte er. »Ich komme ja nicht einmal mehr von diesen Felsen hier frei.« Er fuhr mit dem Finger die Landkarte entlang. »Hier ungefähr sind wir«, sagte er.
»Welches ist der nächste Ort?«
»Bergstadt«, sagte er.
»Wie weit ist es dorthin?«
»Etwa dreißig Kilometer«, sagte Herr Wiedmann. »Unterwegs werden wir bestimmt irgendwo einen Bauernhof finden, von dem aus man telefonieren kann. Aber zunächst müssen wir irgendwie durch die Lawine durch, das bleibt uns auf keinen Fall erspart.« Er fügte hinzu: »Und wenn wir nicht durch sie durch können, dann müssen wir um sie herumgehen.«
»Wie weit wird das sein?«
»Das kann ich nicht sagen«, meinte er. »Vielleicht einen Kilometer, vielleicht fünf.«
Während sie sich unterhielten, waren immer mehr Kinder nach vorne gekommen. Jetzt sagte ein Junge: »Aber durch *den* Schnee kann man doch überhaupt nicht gehen. Da versinkt man ja bis zum Hals!«
Der blonde Helmut lachte. »*Du* vielleicht! Ich wette mit dir, daß ich in ein paar Stunden in Bergstadt bin!« (Er hatte sich das Wetten noch immer nicht abgewöhnt.)

»Du kannst es ja versuchen«, sagte der Junge. »Ich habe keine Lust, irgendwo vor lauter Schnee plötzlich keine Luft mehr zu bekommen und zu ersticken!«
»Du bist eben ein Feigling!« sagte Helmut. »*Ich* habe keine Lust, hier herumzusitzen und zu warten, bis jemand kommt und uns ausgräbt. Ich werde euch schon beweisen, daß ich nach Bergstadt komme. Ich schicke euch dann von dort eine Ansichtskarte!«
Herr Wiedmann drehte sich um und sah ihn wütend an. »Halt den Mund«, sagte er. »Mußt du schon wieder anfangen?«
»Ich will nicht ewig hierbleiben und erleben, daß noch eine Lawine herunterkommt«, erwiderte Helmut böse.
»Wir wollen alle nicht ewig hierbleiben«, sagte Tante Beate. »Und du hast unrecht, wenn du glaubst, daß du durch den Schnee kommen würdest. Der Schnee ist hier an manchen Stellen mehrere Meter tief.«
»Man könnte ja einen Weg schaufeln«, meinte Helmut.
»Ja«, sagte Herr Wiedmann, »das könnte man. Und was glaubst du, wie lange wir da brauchen würden?«
»Das weiß ich nicht!« Helmut bekam einen roten Kopf. »Aber ich denke, es ist immer noch besser, wir graben einen Weg, und es dauerte zwei Tage, bis wir durch sind, als wir sitzen hier herum und tun gar nichts.«
Ein paar Kinder riefen, das sei auch ihre Ansicht.
»Warte einen Moment«, sagte Thomas. »Du denkst immer nur an dich. Du bist ein Junge, und du bist einer von den Kräftigsten. Was glaubst du, wie bald die Schwächeren und die Mädchen nicht mehr weiterkönnten!«
»Dann sollen die Schwächeren und die Mädchen eben hierbleiben und warten, bis man sie ausgräbt!« rief Helmut.

»Ja, und du und ein paar andere gehen davon, was?« rief Martin.
»Klar«, sagte Helmut, »warum nicht?«
»Jetzt hört aber endlich auf!« rief Tante Beate. »Das kommt ja gar nicht in Frage. Entweder alle gehen oder keiner. Wir werden doch hier niemanden allein zurücklassen!«
Helmut schwieg beschämt.
Herr Wiedmann stand auf und sagte: »Mir scheint, ihr vergeßt alle miteinander, daß wir einen sehr kranken Jungen im Wagen haben.« Er sah kurz hinunter zu Karli, der wieder in Tante Beates Schoß lag und ihm müde zublinzelte. »Wenn irgend jemand es eilig hat, nach Bergstadt zu kommen, dann ist er es«, fuhr Herr Wiedmann fort. »Oder bist du anderer Ansicht?« fragte er und sah Helmut scharf an.
»Natürlich nicht«, sagte dieser. »Wir könnten ihn ja hinbringen.«
»Ja, das ist es gerade«, meinte Herr Wiedmann. »Wenn wir uns alle miteinander aufmachen und einen Weg graben – was glaubt ihr wohl, wie lange wir dazu brauchen? Mindestens dreimal so lange, als wenn wir versuchen, Karli allein durchzubringen. Was wollt ihr mit eurem Gepäck machen? Wo wollt ihr schlafen, wenn es Abend wird und wir noch nicht durch den Schnee sind? Und was soll geschehen, wenn einer von euch nicht weiterkann?«
Niemand antwortete.
»Na also«, sagte Herr Wiedmann, »seht ihr!« Er faltete seine Karte wieder zusammen und steckte sie ein. »Ich denke, ich werde versuchen, mit Karli die Stadt zu erreichen, und ihr bleibt schön hier bei Tante Beate und wartet, bis Hilfe kommt. In der Stadt kann ich gleich dafür

sorgen, daß Leute aufbrechen und euch entgegengraben.«
»Was hat denn der Karli eigentlich?« fragte Helmut, etwas ruhiger.
»Das weiß ich nicht genau«, erwiderte Herr Wiedmann, »aber es könnte sein, daß er Diphtherie hat. Das ist eine sehr gefährliche Krankheit, und wenn er sie wirklich hat, dann muß er schnellstens zu einem Arzt, der ihm Medizin gibt.«
Die kleine, zarte Hanna, die wortlos und mit weit aufgerissenen Augen zugehört hatte, drängte sich plötzlich nach vorne, hängte sich an Herrn Wiedmanns Arm und rief verzweifelt: »Bitte, Onkel, nimm wenigstens mich mit, wenn du gehst! Ich werde dir gewiß nicht im Weg sein, aber ich will nicht hierbleiben! Ich habe solche Angst!«
»Liebe Hanna«, sagte Tante Beate, »die anderen Kinder haben bestimmt auch Angst! Was soll Herr Wiedmann sagen, wenn sie alle mitgenommen werden wollen?«
»So viel Angst wie ich können sie gar nicht haben«, sagte Hanna.
»Vielleicht haben sie nicht so viel Angst wie du, aber bestimmt möchten sie genauso gerne von hier fort. Und sie haben doch alle dasselbe Recht dazu, findest du nicht?«
»O ja, das schon«, sagte Hanna leise und trat etwas zurück, wobei sie Herrn Wiedmanns Arm wieder losließ.
»Na siehst du!« sagte Tante Beate. »Und du möchtest doch nicht, daß man dir erlaubt mitzugehen, wenn man es allen anderen verbieten muß?«
»Nein, das möchte ich nicht«, sagte Hanna noch leiser.
Martin klopfte ihr auf die Schulter und sagte: »Weshalb hast du eigentlich Angst? *Ich* bin doch da!«
Und sogar Helmut, der mürrisch danebengestanden war,

sagte jetzt viel freundlicher: »Na, und ich doch schließlich auch!«
Hanna lächelte ihm schwach zu. Es tat ihr leid, daß sie überhaupt davon gesprochen hatte, wie gerne sie mit Herrn Wiedmann gegangen wäre.
Tante Beate war aufgestanden.
»Hört einmal alle zu«, sagte sie. »Ihr sollt nicht den Eindruck haben, daß nur das geschieht, was die Erwachsenen sagen. Ihr habt alle gehört, worum es geht. Karli ist krank, er muß ins Krankenhaus. Herr Wiedmann kann aber nur ihn allein mitnehmen, weil es sonst zu lange dauert.« Tante Beate machte eine Pause und sah sich im Autobus um. Alle hörten ihr zu. Sogar das dicke schwarze Schaf tat so, als verstünde es jedes Wort.
»Das haben wir, die Erwachsenen, euch vorgeschlagen«, fuhr Tante Beate dann fort. »Aber wenn ihr der Ansicht seid, daß ihr ein ebenso großes Recht darauf habt, mit Herrn Wiedmann zu gehen, wie Karli, dann könnt ihr es sagen. Und wenn mehr mitgehen als hierbleiben wollen, dann werden wir ihn eben alle begleiten. Nur daß dann Karli vielleicht zu spät ins Krankenhaus kommt. Das müßt ihr euch überlegen!«
Herr Wiedmann sagte: »Und außerdem müßt ihr euch überlegen, wie euch wohl zumute wäre, wenn ihr jetzt selber Diphtherie hättet!«
»Ja«, sagte Tante Beate. »So ist es! Und jetzt heben alle, die mit Herrn Wiedmann gehen wollen, die Hand hoch!«
Sie wartete.
Die Kinder, die vorne standen, sahen sich um. Aber niemand hatte die Hand gehoben. Nur Hannas Arm ging, wie von selber, halb in die Höhe, aber sie drückte ihn ganz schnell wieder herunter.

»Das ist schön von euch«, sagte Tante Beate.
»Das war doch selbstverständlich«, sagte Helmut laut. »Wenn der arme Karli doch krank ist!«
Herr Wiedmann blickte ihn überrascht an, denn Helmut hatte kurz vorher ganz andere Dinge gesagt, aber dann lächelte er erfreut und sagte: »So ist es recht, Helmut!« Danach richtete er seine Worte wieder an alle. »Ich glaube«, sagte er, »ich habe in Salzburg auch einen Schlitten hinten beim Gepäck verstaut. Wem gehört denn der?«
»Mir!« rief eine dünne Stimme. Sie gehörte einem kleinen Mädchen mit langen Zöpfen, das eine Hand hob.
»Wie heißt du denn?« fragte Herr Wiedmann.
»Agathe«, sagte das Mädchen.
»Würdest du mir deinen Schlitten leihen, Agathe?«
Das kleine Mädchen mit den Zöpfen schluckte schwer.
»Es ist ein ganz neuer Schlitten«, sagte es. »Ich habe ihn erst vorgestern vom Christkind bekommen!« Es schluckte noch einmal und fügte hinzu: »Und ich habe meiner Mami versprochen, daß ich ihn nicht herleihen werde.«
»Aber das wäre ja auch kein gewöhnliches Herleihen«, sagte Tante Beate. »Schau einmal, Herr Wiedmann und Karli haben einen weiten Weg vor sich, und Karli ist krank. Vielleicht kann er schon bald nicht mehr allein laufen. Und Herr Wiedmann kann ihn doch unmöglich den ganzen Weg auf dem Rücken tragen. Wenn du uns deinen Schlitten leihen wolltest, dann wäre es viel leichter für Karli.« Agathe drehte hilflos an ihren Zöpfen.
»Na?« sagte Tante Beate.
»Aber paßt auf, daß ihr ihn nicht kaputtmacht«, sagte Agathe schließlich rasch und mit gesenktem Kopf. Die anderen Kinder klatschten Beifall, und Agathe eilte nach hinten, wo sie ihren prächtigen neuen Schlitten unter

Koffern und Rucksäcken hervorzog und nach vorne brachte.

Karli, der sich aufgerichtet hatte, lächelte ihr zu. »Danke«, sagte er mit seiner heiseren Stimme.

»Bitte«, sagte Agathe. »Und hoffentlich kommst du gut an.« Sie fühlte sich plötzlich sehr angenehm durchwärmt und fand, daß sie eine gute Tat begangen hatte. Das tat ihr wohl.

Herr Wiedmann holte unter seinem Sitz eine Schaufel hervor, knöpfte seine Jacke zu und zog den Schlitten ins Freie. Dabei ging ihm der Schnee bis zu den Hüften.

»Komm«, sagte er zu Karli. Dieser stand auf. Er hatte rote Flecken auf den Wangen, und ab und zu klapperte er ein bißchen mit den Zähnen. Aber er lächelte tapfer und sagte: »Also lebt wohl, alle miteinander!«

»Auf Wiedersehen!« riefen die Kinder. »Leb wohl, Karli! Tschüß! Gute Reise!«
Herr Wiedmann sagte zu Tante Beate: »Wir werden versuchen, um die Lawine herumzugehen. Sobald ich zu einem Telefon komme, rufe ich die Polizei oder die Feuerwehr an und melde, wo ihr seid.«
»Schön«, sagte Tante Beate und gab ihm die Hand.
»Und alles Gute!« sagte Herr Wiedmann. Er sagte es laut und an alle.
»Danke, Herr Wiedmann!« riefen alle.
»Na also, dann komm«, sagte der Chauffeur zu Karli, nahm ihn in die Arme und hob ihn auf den Schlitten. Karli hielt sich mit beiden Händen fest, und Herr Wiedmann begann zu ziehen. Nach ein paar Schritten wurde der Schnee weniger tief, und der Chauffeur tauchte wieder bis zu den Knien auf. Langsam und mühselig zog er den Schlitten mit dem kranken Jungen hinter sich her. Er ging vom Autobus weg den Berghang hinauf und begann einen großen Bogen um die Stelle zu beschreiben, an welcher die Lawine niedergegangen war. Karli drehte sich ab und zu um und winkte.
Die Kinder im Autobus winkten zurück. Lucie hatte sogar das schwarze Schaf aufgehoben, damit es aus dem Fenster blicken konnte. Sie hielt eine seiner Vorderpfoten hoch und bewegte sie auf und ab, damit es so aussah, als ob auch Josef zum Abschied winkte. Nach einer Weile sagte Tante Beate: »So, das haben wir gut erledigt, nicht wahr?«
Die Kinder nickten und sahen einander an wie erfolgreiche Geschäftsleute, die gerade mit viel Verstand und Geschick einen Haufen Geld verdient haben.
»Hoffentlich kommt Karli gut an«, sagte Lucie.

»Wie lange kann es dauern, bis uns jemand ausgräbt, Tante?« fragte ein Mädchen.
»Ich weiß nicht«, sagte Tante Beate. »Nicht sehr lange.«
»Aber doch vielleicht bis zum Abend?«
»Ja, das schon.«
»Vielleicht auch noch länger?«
»Wenn wir Pech haben und die Lawine die Straße auf einem großen Stück zugeschüttet hat, vielleicht auch noch länger.«
»Bis morgen früh?« piepste eine dünne Stimme. Sie gehörte Agathe, die ihren Schlitten geliehen hatte.
Tante Beate zögerte mit einer Antwort, denn sie befürchtete, den Kindern mit ihr einen großen Schrecken einzujagen. (Es war durchaus möglich, daß es bis zum nächsten Morgen dauerte, ehe man sie fand, dachte sie bei sich.) Aber gleich darauf erlebte sie eine Überraschung. Bei der Vorstellung, im Autobus eine Nacht verbringen zu müssen, wurden die Kinder seltsamerweise gar nicht ängstlich, sondern im Gegenteil: Sie wurden richtig übermütig! Sie redeten wieder alle durcheinander und stellten sich eine solche Übernachtung bereits in ihren Einzelheiten vor. Sie würden auf den Sitzen schlafen müssen! Und sich nicht waschen können, außer im Schnee! Sie würden in den Kleidern übernachten müssen!
»Und Wachen aufstellen!« meinte der dicke Martin.
»Und Decken verteilen!« rief Hanna, die vor lauter Aufregung sogar vergaß, Angst zu haben.
»Und abendessen!« rief ein Junge. (Es war natürlich der dicke Martin.)
Tante Beate lächelte. Und weil sie sah, daß alle so gut aufgelegt waren, beschloß sie, gleich noch etwas zu sagen, was ihr auf dem Herzen lag.

»Ja«, rief sie, »das alles werden wir vielleicht tun müssen, wenn man uns nicht rechtzeitig ausgräbt. Aber *habt* ihr denn auch alle warme Decken?«
Die meisten nickten, nur ein Mädchen schüttelte den Kopf. Und dann riefen noch zwei Jungen bedrückt: »Nein!«
»Seht ihr«, sagte Tante Beate. »Und wie ist es mit dem Essen? Habt ihr alle genug zu essen?«
»Mir hat meine Mutti nur ein paar Brote mitgegeben«, sagte Hanna, der das plötzlich einfiel.
»Mir auch«, erklärte ein Junge. »Ich habe gedacht, daß wir schon am Abend in Schruns sind.«
»Ich auch!« rief Lucie aufgeregt. »Ich habe überhaupt nur noch ein Stück Kuchen!« Dann fiel ihr noch etwas ein: »Und für Josef habe ich gar nichts!«
Tante Beate lachte.
»Na«, sagte sie, »es wird aber doch auch ein paar unter euch geben, die mehr mitbekommen haben, als sie aufessen können. Oder irre ich mich?« fragte sie und sah plötzlich den dicken Martin an.
Der dicke Martin wurde puterrot. Er befürchtete Entsetzliches. Das Entsetzliche trat ein.
»Ich schlage vor«, sagte Tante Beate fröhlich und unbekümmert, ohne ihren Blick von Martin zu nehmen, »daß wir alles, was wir zu essen und zum Zudecken haben, zusammenlegen. Dann können wir es gerecht verteilen. Diejenigen, die zuviel haben, werden noch immer genug bekommen, und diejenigen, die zuwenig hatten, werden satt sein und es warm haben. Was haltet ihr davon?«
Die Kinder fanden, das wäre eine großartige Idee. Sie fingen sofort an, ihre Eßvorräte und ihre Decken zusammenzutragen, und auf den leeren Sitzen vor Tante Beate

häuften sich Schinkensemmeln, Decken, Äpfel, Kuchen, Käsebrote und Bonbons. Nur der dicke Martin saß regungslos und sah dem Treiben entgeistert zu. Tante Beate bemerkte es sehr gut.
»Na, Martin«, sagte sie nach einer Weile, »und was ist mit dir?« Martin stand auf, ging zu seinem Koffer und holte eine Decke hervor, die er Tante Beate überreichte. »Hier, bitte«, sagte er.
»Danke schön«, sagte sie. »Und wie ist das mit dem Essen?«
Er sah sie flehend an.
»Tante Beate«, sagte er, »ich bin ein Junge, der immer hungrig ist. Ich bin der dickste Junge in meiner Klasse. Meine Mutti hat mir viel zu essen mitgegeben, weil sie weiß, daß ich immer Hunger habe. Es tut mir leid, daß andere Kinder weniger haben. Aber was kann ich dafür?«
»Du kannst natürlich nichts dafür, Martin«, sagte Tante Beate. »Die anderen Kinder können allerdings auch nichts dafür, daß sie weniger zu essen haben als du. Aber das ist natürlich ihre Sache. Niemand kann dich zwingen, deine Eßvorräte mit den anderen zu teilen.«
»Das stimmt«, sagte Martin und nickte.
»Ich könnte mir freilich vorstellen«, meinte Tante Beate langsam, »daß du zufällig keine Decke gehabt hättest.«
»Ich habe aber eine«, rief Martin triumphierend. »Ich bin immer gut ausgerüstet, wenn ich verreise.«
»Wenn du aber zufälligerweise weniger gut ausgerüstet gewesen wärest und keine Decke gehabt hättest«, fuhr Tante Beate unerbittlich fort, »dann könnte ich mir vorstellen, daß du sehr glücklich darüber gewesen wärest, wenn dir jemand, der zufällig zwei Decken besitzt, eine von ihnen gegeben hätte.«

»Das stimmt«, sagte Martin bereitwillig. Doch er fügte hinzu: »Aber ich *habe* eine Decke, und ich *habe* genug zu essen.«
»Ja, dann freilich bist du in einer sehr glücklichen Lage, Martin«, meinte Tante Beate. »Und niemand kann dich zwingen, anderen zu helfen.«
Martin sah sie verwirrt an.
»Tante«, sagte er ernsthaft, »bitte glaube nicht, daß ich geizig bin. Nur: Ich muß wirklich mehr essen als andere Kinder. Ich brauche mehr Essen, weil ich so dick bin. Das mußt du doch verstehen!«
»Das verstehe ich, Martin«, sagte Tante Beate, drehte sich von ihm fort und zu den anderen Kindern um.
»Na«, fragte sie, »seid ihr schon fertig?«
Die Kinder zeigten ihr, was sie alles zusammengetragen hatten. Tante Beate tat, als sähe sie Martin plötzlich überhaupt nicht mehr. Er stand auf einmal allein da. Auch die anderen Kinder beachteten ihn nicht. Er kam sich schrecklich überflüssig vor. Zuletzt ging er langsam zu seinem Sitz zurück. Er setzte sich und sah zu, wie vorne im Autobus die Decken verteilt wurden. Es ging sehr fröhlich dabei zu. Die Kinder lachten und schrien durcheinander. Von Martin nahm niemand mehr Notiz.
Der dicke Junge kämpfte mit sich. Er blickte auf das große Freßpaket neben sich. Dann blickte er nach vorne zu den anderen Kindern. Und dann blickte er wieder hinunter zu seinen feinen Schinkensemmeln.
Martin kämpfte genau neun Minuten mit sich selbst.
In der zehnten Minute stand er auf, nahm das Freßpaket und ging schnell zu den anderen.
»Hier«, sagte er hastig, »ich habe es mir überlegt. So hungrig bin ich eigentlich gar nicht mehr!«

## Das dritte Kapitel

*Wie man feststellt, wo Süden ist – Herr Wiedmann ist auch nur ein Mensch – Karli begreift, daß es nur eine Möglichkeit gibt – Ich sehe etwas, was du nicht siehst – Darf man 18 Kinder im Stich lassen, um eines zu retten? – Die Kinder wählen Tante Beates Stellvertreter – Martin wächst über sich selbst hinaus – Karli fühlt sich sehr unheimlich und bekommt Besuch – Die Erwachsenen brechen auf – Helmut zeigt sein wahres Gesicht.*

Herr Wiedmann und Karli hatten unterdessen die felsige Gegend und die Stelle, an welcher der Autobus festgefahren war, hinter sich gelassen und bahnten sich durch tiefen Schnee ihren Weg weiter und weiter von der Straße fort in ein hügeliges Gelände hinein. Zweimal hatte der Chauffeur versucht, parallel zur Straße weiterzukommen, und beide Male war er sofort in tiefe Schneemassen geraten, die ihm ein Weitergehen unmöglich machten. Die zweite Lawine hatte nicht nur die Straße, sondern auch einen großen Teil der Gegend jenseits von ihr zugeschüttet.

Es war jetzt später Nachmittag, die Sonne stand schon tief, aber noch immer war es recht warm, und Herrn Wiedmann rann der Schweiß in großen Tropfen von der roten Stirn. Er bahnte den Weg. In seine Fußstapfen trat der kleine Karli, der hinter ihm ging. Von Zeit zu Zeit, wenn er sich besonders schwach und elend fühlte, seufzte

er unterdrückt. Dann blieb Herr Wiedmann stehen, sah ihn mitleidig an und sagte: »Na also, dann setz dich halt wieder auf den Schlitten.«
Wenn er das sagte, gab Karli ihm die Schnur des bunten Schlittens, die er bis dahin in der Hand gehalten hatte, und setzte sich müde nieder. Und Herr Wiedmann änderte dann die Art seiner Arbeit. Er stapfte zunächst ein Stück in den Schnee hinein, dann kam er zurück und zog den Schlitten mit Karli nach. Das war eine sehr unangenehme Form der Fortbewegung, denn der Schnee war weich, und der Schlitten sank tief in ihn ein, so leicht sich Karli auch machte. Herr Wiedmann schwitzte. Zweimal, als der Schlitten plötzlich zu allem Überfluß umkippte, fluchte er auch. Danach lächelte er Karli sofort entschuldigend an, damit dieser merken konnte, daß es nicht böse gemeint war. Nach einer Viertelstunde stand der Junge auf. »Jetzt geht es wieder eine Weile«, meinte er heiser und nahm Herrn Wiedmann die Schlittenschnur ab.
Der Chauffeur blieb plötzlich stehen.
»Warte einmal«, sagte er und holte seine Karte aus der Jacke. »Wir wollen sehen, wo wir sind. Sonst verlaufen wir uns am Ende noch!« Karli kam näher und sah gleichfalls auf die Karte.
»Hier war die Straße, von hier sind wir ausgegangen«, meinte Herr Wiedmann. Er zeigte auf ein grünschraffiertes Gebiet der Karte. »Das ist der Wald, der da drüben anfängt. Ich glaube, der Bogen, den wir gemacht haben, ist groß genug. Jetzt müssen wir wieder nach Süden gehen.«
»Wo ist Süden?« fragte Karli.
»Das werden wir gleich haben«, erklärte Herr Wiedmann und nahm eine große runde Uhr aus der Jackentasche.

»Wenn du wissen willst, wo Süden ist, dann mußt du die Uhr so halten, daß die Zwölf dorthin sieht, wo die Sonne steht.« Er gab Karli die Uhr. »Bitte«, sagte er. Karli tat, was Herr Wiedmann gesagt hatte. Die Sonne stand niedrig über einem verschneiten Berg. Dorthin richtete der Junge die 12.
»So«, sagte Herr Wiedmann, »nun mußt du nachsehen, wo der *kleine* Zeiger steht.«
Der kleine Zeiger stand auf 4.
»Und jetzt mußt du den Winkel halbieren, den die Vier mit der Zwölf einschließt. Am einen Ende dieser Halbierungslinie liegt Süden, am anderen Ende Norden!«
Karli legte seinen kleinen Finger über die Uhr. Dann sah er auf und lächelte Herrn Wiedmann an. »Da ist Süden.«
»Stimmt«, sagte Herr Wiedmann. »Und jetzt wollen wir wieder weitergehen.«
Karli nickte und setzte folgsam einen Fuß vor den anderen. Aber auf sonderbare Weise wollten seine Füße nicht gehorchen. Sie knickten in den Knien ein, und im nächsten Augenblick saß Karli im Schnee.
»Was ist denn?« fragte Herr Wiedmann erschrocken.
»Nichts«, sagte Karli heiser, »meine Knie waren auf einmal so weich! Ich glaube, jetzt geht es schon wieder!«
Er versuchte aufzustehen, aber es ging nicht. Herr Wiedmann stapfte durch den Schnee zu ihm und half ihm. Aber auch das hatte keinen Sinn. Denn plötzlich fühlte Karli, wie ihm heiß und kalt wurde, wie er zu schwitzen begann, und er glaubte, sein Herz an den Schläfen schlagen zu hören. Dann fühlte er sich furchtbar übel. Und er hatte das Gefühl, daß es finster um ihn wurde.

*

Als er wieder zu sich kam, lag er unter einem großen verschneiten Baum. Er hatte den Baum noch nie gesehen, und auch die Gegend, die er erblickte, als er sich nun langsam aufrichtete, war ihm fremd. Er bemerkte noch einige Bäume und hinter ihnen verschneite Felder. Karli erschrak heftig, denn er konnte Herrn Wiedmann nicht sehen. Er fühlte, wie sich sein kleiner Körper wieder mit Schweiß bedeckte. Wo war Herr Wiedmann? Hatte er ihn allein gelassen? Karli versuchte zu rufen, aber er mußte es zweimal versuchen, so sehr tat ihm sein Hals weh dabei.

»Herr Wiedmann!« rief er schließlich heiser. Im nächsten Augenblick antwortete die Stimme des Chauffeurs. »Ja, Karli. Hier bin ich!«

Karli drehte sich um. Herr Wiedmann saß an die andere Seite des Baumes gelehnt, unter dem er gelegen war. Jetzt stand er auf und kam herüber. Sein Gesicht war noch röter, und er hatte seine Lederjacke ausgezogen, so heiß war ihm!

»Wo sind wir?« fragte Karli schwach. Herr Wiedmann setzte sich neben ihn.

»Wir sind ein Stück weiter nach Süden gekommen.«

»Und was war mit mir?«

»Du bist ohnmächtig geworden«, sagte Herr Wiedmann freundlich zu ihm.

»Aber . . .« begann Karli verblüfft. Er wollte sagen: »Aber wenn ich ohnmächtig war – wie sind wir dann weitergekommen?«

Herr Wiedmann schien ihn auch so zu verstehen. »Ich habe dich getragen«, sagte er.

»Es tut mir leid«, sagte Karli.

»Was tut dir leid?«

»Daß ich ohnmächtig geworden bin und daß Sie mich tragen mußten.«

»Rede keinen Unsinn«, sagte Herr Wiedmann verlegen. »Du bist ja nicht zum Spaß ohnmächtig geworden. Du bist krank. Du kannst gar nichts dafür!«

Karli fiel etwas ein. Er sah sich noch einmal um und erblickte Agathes Schlitten neben dem Baum.

»Warum haben Sie mich nicht auf dem Schlitten weitergezogen?« fragte er.

»Ich habe es versucht«, sagte Herr Wiedmann. »Aber zuerst bist du mir immer wieder in den Schnee gefallen, und dann ist der Schlitten zu tief eingesunken.«

»Sie konnten mich doch nicht tragen und gleichzeitig auch den Schlitten ziehen!« rief Karli.

»Nein«, gab Herr Wiedmann zu, »das konnte ich nicht. Ich habe dich immer ein Stück getragen, dann habe ich dich niedergesetzt und bin zurückgegangen, den Schlitten holen.« Er fuhr sich mit der Hand über die Stirn und sah Karli nachdenklich an. »Wie fühlst du dich denn jetzt?«

»Danke, sehr gut«, sagte Karli. Er log. Er fühlte sich gar nicht gut.

»Zeig mir einmal deinen Hals!«

Karli machte den Mund auf. Herr Wiedmann betrachtete die Zunge, dann nickte er langsam.

»Na ja«, sagte er. Und dann legte er einen Arm um den Jungen und sagte freundlich: »Paß einmal auf, Karli. Wir sind alle beide in einer scheußlichen Lage, und deshalb muß ich jetzt mit dir reden wie mit einem Erwachsenen.«

Karli nickte und sah ihn aufmerksam an. Herr Wiedmann sprach weiter: »Ich habe mir alles sehr genau überlegt. Du mußt unbedingt noch heute nacht zu einem Arzt kommen. Es ist auch gar nicht mehr weit. Vielleicht sind es

nur ein paar Kilometer. Aber wir müssen über die Felder, und da hat der Schlitten keinen Sinn. Denn auf den Feldern ist der Schnee noch tiefer, und wir werden so weit einsinken, daß ich dich nicht ziehen kann.«
»Ja«, sagte Karli und nickte.
»Wie gesagt«, fuhr Herr Wiedmann fort und sah dabei kurz zu den verschneiten Ästen des großen Baumes hinauf, unter dem sie beide saßen, »ich habe mir alles sehr gut überlegt, weißt du, und ich habe gefunden, daß ich dich nicht noch ein paar Kilometer tragen kann. Ich bin stark, aber so stark bin ich nicht, es hätte gar keinen Sinn, das nicht zuzugeben. Vielleicht schleppe ich dich noch tausend Meter – oder vielleicht auch zweitausend. Aber dann, das weiß ich genau, bin ich so fertig, daß ich keinen Schritt mehr weiterkann!«
Karli nickte. »Ich bin sehr schwer, Herr Wiedmann«, sagte er, denn er hatte das Gefühl, daß es dem Chauffeur peinlich war, zugeben zu müssen, er sei nicht stark genug, ihn bis ans Ziel zu tragen.
Herr Wiedmann schüttelte den Kopf.
»Du bist gar nicht schwer! Der verdammte Schnee ist es, der einen fertigmacht, verstehst du?«
»Ja«, sagte Karli.
»Natürlich müssen wir trotzdem einen Weg finden, dich zum Arzt zu bringen«, fuhr Herr Wiedmann fort.
»Ja«, sagte Karli wieder. Er schluckte, fühlte, wie es schmerzte, und stellte sich ein hübsches weißes, warmes Bett in einem hübschen warmen Zimmer vor. Dann hörte er auf, es sich vorzustellen. Es ging ihm zu nahe.
»Und es gibt, glaube ich, nur einen Weg«, sagte Herr Wiedmann. »Wenn ich nicht allein wäre, sondern noch jemanden hätte, der mir hilft, dann könnten wir dich auf

den Schlitten legen und entweder gemeinsam tragen oder jedenfalls den Schlitten aus dem tiefsten Schnee heraushalten und weiterziehen.«

»Ja, Herr Wiedmann«, sagte Karli zum drittenmal. Und dann fügte er leiser hinzu: »Aber es gibt doch niemanden, der Ihnen hilft!«

»O ja, doch«, sagte Herr Wiedmann langsam. »Es gibt jemanden.«

»Wen?« fragte Karli.

»Tante Beate«, sagte Wiedmann.

»Die ist doch im Autobus!«

»Ja«, sagte Herr Wiedmann leise, »die ist noch im Autobus.« Er räusperte sich und meinte: »Ich müßte noch einmal zurückgehen und sie holen.«

»Allein zurückgehen?«

»Ja«, sagte Herr Wiedmann. »Allein zurückgehen. Sonst dauert es viel zu lange. Ich müßte hingehen und mit ihr zurückkommen, noch ehe es finster wird, denn in der Nacht wird es noch schwerer sein, den rechten Weg zu finden.«

Darauf entstand eine Pause. Karli sprach nicht, und Herr Wiedmann sprach gleichfalls nicht. Endlich fragte der Chauffeur langsam: »Traust du dich, hier auf mich zu warten, Karli?«

Karli nickte. Dann sagte er heiser: »Ja.«

»Es kann dir gar nichts geschehen«, meinte Herr Wiedmann. »Ich gehe unseren Spuren nach, und dann komme ich, den Spuren nach, wieder zurück. Es ist die sicherste Sache von der Welt. In ein oder zwei Stunden bin ich wieder zurück. Ich lasse dir meine Jacke da, damit du nicht frierst.«

»Danke, Herr Wiedmann«, sagte Karli.

»Und du hast keine Angst?«

»O ja«, sagte Karli, »Angst habe ich schon. Große Angst. Aber wenn Sie nicht gehen und Tante Beate holen, dann komme ich überhaupt nicht zum Arzt, das sehe ich ein. Und deshalb möchte ich, daß Sie gehen.«

»Du bist ein guter Junge«, sagte Herr Wiedmann. Er klopfte Karli auf die Schulter. »Man kann mit dir schon wie mit einem Erwachsenen reden!« Er stand auf, schlug sich den Schnee von den Beinen und deckte Karli mit seiner Jacke zu. »Ich komme zurück, so schnell ich kann«, versprach er. Karli nickte.

»Ja, Herr Wiedmann«, sagte er. Dann gab der Chauffeur ihm die Hand. Karli schüttelte sie matt. Und dann ging Herr Wiedmann rasch den Weg zurück, den sie gekommen waren. Er benützte seine eigenen Fußstapfen dazu und verschwand bald hinter den Bäumen. Zweimal drehte er sich um und winkte.

Karli winkte zurück.

Als Herr Wiedmann hinter einer verschneiten Hecke verschwand, zog Karli die schwere Jacke um die Schultern zusammen und fröstelte. Irgendwo im Wald schrie ein Vogel. Dann war es wieder still. Karli stand auf, setzte sich auf den bunten Schlitten und starrte die Bäume an. Er fühlte sein Herz klopfen. Sein Hals tat ihm weh beim Schlucken. Er dachte an seine Mutter und daran, wie gerne er zu Hause gewesen wäre.

Lieber Gott, dachte Karli, mach, daß die zwei Stunden bald um sind!

Hinter ihm, im Wald, schrie wieder der Vogel.

Karli saß ganz still auf dem Schlitten. Er rührte sich nicht.

*

Es war 5 Uhr, und es dämmerte nun schon stark.
Im Autobus hatte Tante Beate das elektrische Licht angeknipst, und wenn man draußen im Schnee stand, dann sah der Wagen aus wie ein gemütliches helles, kleines Haus mit vielen erleuchteten Fenstern. Die Kinder spielten ›Ich seh' etwas, was du nicht siehst‹. Das ist ein sehr interessantes Spiel, bei dem ein Kind an einen Gegenstand denkt, den es in seiner Umgebung sehen kann, während die anderen Kinder erraten müssen, worum es sich handelt. Sie fragen der Reihe nach, und wer richtig rät, darf sich als nächster etwas denken. Im Augenblick war Hanna daran. Sie dachte an das linke Ohr des schwarzen Schafes, das sie vor sich auf dem Boden liegen sah, und die anderen Kinder hatten sie bereits sehr in die Enge getrieben. Sie wußten schon, daß ›es‹ schwarz, im Autobus und teilweise aus Fleisch war. Martin fragte eben: »Ist es der Teil eines Tieres?«, als die Autobustür aufgerissen wurde und alle erschrocken zusammenfuhren. Die ängstliche Hanna schrie sogar leise auf. Aber dazu bestand gar kein Grund, denn in der offenen Autobustür erschien sofort ein Mensch, den sie alle kannten: Herr Wiedmann, der Chauffeur. Herrn Wiedmanns Kleider waren voll Schnee, es sah so aus, als wäre er ein paarmal gefallen, und er war ziemlich außer Atem. Jetzt kletterte er in den Wagen, schloß die Tür und setzte sich schwer atmend auf seinen Sitz hinter dem Lenkrad. Er setzte sich verkehrt, so daß er sie alle sehen konnte.
»Um Gottes willen«, sagte Tante Beate, »wo kommen Sie denn her? Und wo ist der kleine Karli?«
Herr Wiedmann holte tief Luft. Und dann berichtete er in knappen Worten, warum und wie er hierhergekommen war und wo sich der kleine Karli befand. Sein gan-

zer Bericht dauerte drei Minuten. In diesen drei Minuten war es totenstill im Autobus. Alle lauschten gespannt.

»Ja«, sagte Herr Wiedmann zuletzt, »so ist das gewesen. Karli wartet unter dem großen Baum darauf, daß ich zurückkomme. Aber es hat keinen Sinn, daß ich allein komme. Ich brauche jemanden, der mir hilft. Und dieser Jemand müßte Tante Beate sein.«

Tante Beate hatte gleichfalls schweigend zugehört. Jetzt stand sie auf und sagte erregt: »Wie stellen Sie sich denn das vor, Herr Wiedmann? Ich kann doch nicht einfach achtzehn Kinder allein lassen! Die Kinder wurden mir anvertraut, die Nacht kommt . . .«

»Die Nacht kommt auch für den kleinen Karli«, sagte Herr Wiedmann. »Wenn er nicht bald ins Krankenhaus gebracht wird, ist es für ihn zu spät.«

»Darf ich achtzehn Kinder im Stich lassen, um ein Kind zu retten?« fragte Beate leise.

»Sie lassen die achtzehn Kinder ja nicht im Stich«, sagte Herr Wiedmann. »Die achtzehn Kinder müssen nur für kurze Zeit auf sich selbst achtgeben, das ist alles.« Er sah auf die Uhr. »Viertel sechs«, sagte er, »wir haben keine Zeit zu verlieren. Bitte, entscheiden Sie sich!«

»Ich kann mich nicht entscheiden!« rief Tante Beate.

»Ja«, sagte Herr Wiedmann entschlossen, »dann müssen wir die achtzehn Kinder entscheiden lassen!« Tante Beate wollte ihn unterbrechen, aber er sprach schon weiter. »Hört zu!« rief Herr Wiedmann, der Chauffeur. »Ihr habt gerade miterlebt, wie es Tante Beate zu schwer fiel, euch allein zu lassen. Es ist ihr zu schwer gefallen, weil sie die Verantwortung für euch übernommen hat und glaubt, daß sie euch nicht allein lassen kann. Aber ihr seid doch große Kinder, nicht wahr? Ihr könnt doch bestimmt eine Nacht lang für euch selber sorgen! Besonders wenn davon das Leben des kleinen Karli abhängt. Oder irre ich mich?«

»Sie irren sich nicht, Herr Wiedmann!« rief Thomas.

»Wirklich nicht?« fragte der Chauffeur.

»Wirklich nicht!« riefen alle Kinder. Herr Wiedmann sah Tante Beate an.

»Bitte«, sagte er. Sie hob hilflos die Schultern.

»Ich weiß trotzdem nicht, ob es richtig ist«, sagte sie leise. Helmut drängte sich vor.

»Herr Wiedmann«, sagte er schnell, »wenn ich schon nicht mitgehen darf, um Ihnen zu helfen, Karli ins Krankenhaus zu bringen, dann geben Sie mir wenigstens den Auftrag, Tante Beate hier zu vertreten. Ich verspreche Ihnen, daß dann alles in bester Ordnung sein wird!«

»Warum gerade dir?« rief der dicke Martin.

»Ich bin der Größte und der Stärkste«, sagte Helmut.

»Bist du auch der Klügste?« fragte Herr Wiedmann.
»Ja«, sagte Helmut, »ich glaube schon.«
Der Chauffeur klopfte ihm auf die Schulter.
»Na«, sagte er, »wäre dir auch die Sache mit dem Salz eingefallen, um das Schaf zurückzubekommen? Oder warst du nur so klug, es hinauszulassen?«
Ein paar Kinder lachten, und Helmut senkte den Kopf. Was hätte er darauf sagen sollen?
»Nein, nein«, sagte Herr Wiedmann, »so geht das auch nicht, daß wir dich einfach zum Vertreter Tante Beates ernennen. Da haben die anderen Kinder auch noch etwas mitzureden. Vielleicht wollen sie dich gar nicht alle!«
»Warum sollen sie mich nicht wollen?« fragte Helmut aufgebracht.
»Das weiß ich nicht«, sagte Herr Wiedmann. »Ich weiß nur, daß jeder von deinen Gefährten dasselbe Recht hat, zu bestimmen, wen er als Vertreter von Tante Beate sehen will. Einen Vertreter brauchen wir, das ist ganz klar. Aber wir wollen ihn nicht einfach bestimmen!«
»Wie denn wollt ihr ihn ernennen?« fragte Helmut.
Herr Wiedmann sah auf die Uhr. »Na ja«, sagte er dann, »es ist schon zwanzig Minuten nach fünf, aber dazu *müssen* wir noch Zeit haben.« Er wandte sich an alle. »Wir werden ihn *wählen*!« rief er, und dabei zog er ein Notizbuch aus der Tasche. Er nahm ein paar Seiten heraus, zerriß sie in der Mitte, bis er auf diese Weise eine ganze Menge Zettel in der Hand hielt, und gab diese dann an Martin weiter, der neben ihm stand.
»Verteile sie«, sagte er. Martin tat, was man ihm befohlen hatte. Er gab jedem Kind einen Zettel. Herr Wiedmann sprach inzwischen schon weiter: »Jeder von euch soll Gelegenheit haben mitzuwählen!« rief er. »Jeder

kann auf seinen Zettel den Namen des Jungen oder des Mädchens schreiben, den er am liebsten als Stellvertreter Tante Beates sehen möchte! Er kann natürlich auch seinen eigenen Namen daraufschreiben. Den Zettel soll er dann zusammenfalten, damit niemand sieht, was er daraufgeschrieben hat, und ihn wieder abgeben!« Martin hatte alle Zettel verteilt.

»Habt ihr alle etwas zum Schreiben?« fragte Herr Wiedmann.

»Ja!« riefen die Kinder.

»Na, dann also los!« sagte der Chauffeur. Die Kinder begannen zu kritzeln. Manche setzten sich in eine Ecke und hielten die eine Hand über das Geschriebene, damit man es nicht sehen konnte, andere saßen mit dem leeren Zettel in der Hand da und sahen angestrengt in die Luft, so als wüßten sie nicht recht, was sie schreiben sollten, und ein paar flüsterten miteinander, als müßten sie sich noch beraten. Aber zuletzt waren sie doch alle fertig, und Martin ging mit einer Pappschachtel herum, um die Zettel wieder einzusammeln.

Er trug die Schachtel mit den zusammengefalteten Zetteln zu Herrn Wiedmann zurück, der sie entgegennahm.

»So«, sagte er, »nun wollen wir einmal sehen, wer die meisten Stimmen bekommen hat.«

Er faltete den ersten Zettel vorsichtig auseinander und las: »Helmut!«

Helmut strahlte.

»Natürlich«, sagte er.

»Warte es ab«, meinte Herr Wiedmann. »Es kommen noch siebzehn andere Zettel!«

Auf dem zweiten Papier stand ›Martin‹. Auf dem dritten stand wieder ›Helmut‹. Dann kam ein Papier mit

›Lucie‹. Und dann eines mit ›Thomas‹. Nach diesem öffnete Herr Wiedmann ein ›Agathe‹-Papier. Und dann gab es eine Überraschung: Herr Wiedmann öffnete nacheinander *sechs* Zettel, auf denen allen Thomas gewählt wurde!

Die Kinder waren sehr aufgeregt.

Wer würde als Sieger hervorgehen?

Zuletzt war das Resultat klar: Thomas hatte neun Stimmen bekommen, Helmut vier und Agathe, Lucie, Martin und zwei andere Jungen je eine.

»Thomas hat also die meisten Stimmen«, sagte Herr Wiedmann. »Die meisten von euch haben Thomas gewählt, und deshalb wird er Tante Beate vertreten.« Er sah Thomas an. »Nimmst du die Wahl an?« fragte er ihn.

»Ja«, sagte Thomas.

»Gut«, sagte Herr Wiedmann und wandte sich an die anderen. »Dann bitte ich euch, ihm zu folgen in allem, was er euch sagt. Er wird die Lebensmittel verteilen, und er bekommt die Autoschlüssel. Ich gratuliere euch im übrigen zu eurer Wahl. Ich selber hätte auch nur Thomas gewählt.«

»Ich werde mich bemühen, es gut zu machen, Herr Wiedmann«, sagte Thomas.

»Davon bin ich fest überzeugt, mein Junge«, erwiderte der Chauffeur.

Er sah Tante Beate an. »Na«, meinte er, »sind Sie nun etwas beruhigter?«

Sie lächelte ihn an.

»Ja«, sagte sie. »Mit Thomas als meinem Vertreter bin ich wirklich beruhigter.«

»Schön«, sagte Herr Wiedmann, »dann will ich nur noch meine beiden Taschenlampen holen, damit wir in der

Nacht den rechten Weg finden.« Tante Beate zog, während Herr Wiedmann tat, was er angekündigt hatte, ihren Mantel an. Martin kam nach vorne und klopfte ihr auf die Schulter.
»Tante Beate«, sagte er, »wenn du Karli wiedersiehst, möchtest du ihm das hier mitbringen?«
Tante Beate sah auf die Hand, die er ihr entgegenhielt.
Auf der Hand lag eine Tafel Schokolade.
»Danke, Martin«, sagte Tante Beate erfreut. »Das wird den armen Karli bestimmt sehr freuen!«

*

Karli saß zu dieser Zeit noch immer im Schnee unter dem großen verschneiten Baum. Im Wald war es nun schon dunkel geworden. Karli lehnte mit dem Rücken an dem harten Baumstamm und dachte darüber nach, wie spät es sein konnte. War eine Stunde vergangen, seit Herr Wiedmann fortging? Oder waren es schon zwei? Karli konnte es nicht sagen. Er hatte jedes Gefühl für die Zeit verloren. Er saß da und zitterte gelegentlich. Gegenüber, hinter einem dichten Gebüsch, raschelte es von Zeit zu Zeit auf wirklich unheimliche Weise.
Karli sah angestrengt hinüber, aber er konnte nichts erkennen.
Es ist der Wind, sagte er sich. Aber er glaubte selbst nicht recht daran, daß es der Wind war. Der Wind raschelt anders. Ganz anders. Karli räusperte sich, um selbst ein bißchen Lärm zu machen, aber das Räuspern tat ihm weh, und so ließ er es wieder sein.
Ich habe keine Angst, sagte er sich. Es besteht gar kein Grund, Angst zu haben. Es ist doch der Wind. Außerdem

sind bestimmt schon zwei Stunden um, und Herr Wiedmann wird jeden Augenblick zurückkommen.
Es kann sich nur noch um Minuten handeln. Angst zu haben, ist ganz lächerlich. Nur Feiglinge haben Angst. Und ich bin kein Feigling. Ich habe also auch keine Angst. Hinter dem Gebüsch ist überhaupt nichts. In diesem Augenblick raschelte es wieder hinter dem Gebüsch. Karli riß die Augen auf – vergeblich. Es war viel zu dunkel im Wald, als daß man auch nur noch das geringste hätte erkennen können. Karli zitterte ein bißchen. Dann nahm er sich zusammen und sagte laut, obwohl ihm der Hals dabei weh tat: »Ich habe keine Angst!« Er schwieg und wartete. Dann sagte er: »Überhaupt keine Angst habe ich.«
Er fand, daß es beruhigend war, die eigene Stimme zu hören, und deshalb sagte er es noch ein paarmal.
Als er es gesagt hatte, lachte er plötzlich.
Es hallte unheimlich in dem stillen Wald, aber Karli fand, daß es ihm auch Spaß machte zu lachen. Und deshalb lachte er noch einmal. Danach sagte er wieder ein paarmal, daß er keine Angst habe. Nach einigen Minuten, die er so zubrachte und in denen es gelegentlich hinter dem Gebüsch raschelte, wurde seine Stimme leiser. Sein Kopf sank nach vorne auf die Brust, und er seufzte.
»Gar keine Angst«, sagte er noch einmal undeutlich. Dann war er eingeschlafen.
Hinter dem Gebüsch entstand neuerlich Bewegung. Dann teilten sich die verschneiten Äste, und ein großer grauer Hase kam hervor. Der Hase hoppelte langsam und neugierig durch den Schnee zu dem Baum, an dem Karli lehnte, und setzte sich neben ihn. Er sah ihn interessiert an und rührte sich nicht.

Nur einmal schnupperte er.
Seine kleinen runden Augen leuchteten in der Dunkelheit.

*

Im Autobus waren Herr Wiedmann und Tante Beate aufbruchbereit.
»Also seid brav, Kinder«, sagte Tante Beate, »und folgt Thomas schön. Spätestens morgen früh sehen wir uns wieder.«
»Hast du die Schokolade?« rief Martin aufgeregt.
Tante Beate nickte. »Ja, hier!«
»Gott sei Dank«, sagte Martin. »Ich hatte schon Angst, sie ist verlorengegangen.«
Herr Wiedmann öffnete die Autotür und stieg ins Freie. Er ließ seine Taschenlampe aufleuchten und half Tante Beate beim Aussteigen.
»Schlaft schön!« rief er. »Und gute Nacht!«
»Gute Nacht!« riefen die Kinder. Die Tür fiel hinter Tante Beate zu. Die Kinder blickten den Erwachsenen nach, aber es war nun schon so dunkel, daß man nichts mehr sehen konnte als den Schein von Herrn Wiedmanns Taschenlampe, der, über den Schnee flackernd, sich entfernte. Thomas war einer der letzten, die sich wieder von den Fenstern wegdrehten. Als er es schließlich tat, stieß er mit Helmut zusammen, der direkt hinter ihm stand.
»Ja, was gibt es?« fragte Thomas.
»Ich wollte dir nur etwas sagen«, erklärte der blonde Junge. »Ich habe dich nicht gewählt. Für mich bist du nicht der Vertreter von Tante Beate, damit du es nur weißt!«

# Das vierte Kapitel

*Ich erkenne die Wahl nicht an – Man beweist Mut nicht nur mit der Faust, man braucht auch den Kopf dazu – Der dicke Martin macht einen Vorschlag zur Güte – Helmut schließt sich selbst aus – Man muß an die Verpflegung denken – 61 Schinkensemmeln, 33 saure Gurken und 67 harte Eier – Josef wird beinahe vergessen – Karli hat einen schrecklichen Traum – Die Jungen stellen Wachen auf – Tante Beate kann nicht mehr – Herr Wiedmann sieht ein Licht und bekommt einen Kuß – »Hier Städtisches Krankenhaus!« – Helmut setzt einen Plan in die Wirklichkeit um – Schinkenbrote und Äpfel liegen im Schnee.*

Die beiden Jungen standen einander gegenüber, und beide schwiegen eine Weile. Dann fragte Thomas: »Was willst du damit sagen?«

Die anderen Kinder kamen neugierig herbei. Der blonde Helmut warf den Kopf zurück: »Ich will damit sagen, daß du mir den Buckel herunterrutschen kannst! Ich werde mich um nichts kümmern, was du anordnest. Für mich bist du überhaupt Luft!«

Der dicke Martin lachte wütend. »Du bist ja nur böse, weil wir dich nicht gewählt haben!« rief er.

»Es wäre besser, wenn ihr es getan hättet«, sagte Helmut.

»Und warum?«

»Weil ich stärker und größer bin als der da«, erklärte

Helmut und zeigte auf Thomas. »Und mutiger auch«, fügte er hinzu.
»Mut beweist man nicht nur mit den Muskeln«, erwiderte Thomas ruhig. »Man braucht auch den Kopf dazu!«
Helmut trat nahe an ihn heran und betrachtete ihn aus schmalen Augen. »Also du bist auch mutig, ja?«
»Ich glaube schon«, sagte Thomas.
Helmut nickte. »Gut«, sagte er, »dann mache ich dir einen Vorschlag. Wir ringen. Dabei kannst du zeigen, wie mutig du bist. Und wenn du mich besiegst, dann will ich dich als Vertreter von Tante Beate anerkennen. Wenn du mich aber *nicht* besiegst, dann bin *ich* ihr Vertreter!« Er sah Thomas erwartungsvoll an, und auch die anderen Kinder machten neugierige Gesichter. Aber Thomas schüttelte nur still den Kopf.
»Nein«, sagte er.
»Was, nein?«
»Nein, ich werde nicht mit dir ringen.«
Helmut lachte. »Das habe ich mir so vorgestellt! Du bist eben ein Feigling!«
»Das hat mit Feigheit nichts zu tun«, erwiderte Thomas.
»Doch hat es!« rief Helmut.
»Nein«, sagte Thomas. »Es hat nichts mit Feigheit zu tun. Die anderen Kinder haben mich gewählt. Sie hätten auch dich wählen können. Aber sie haben es nicht getan. Die Wahl ist viel wichtiger als unsere Prügelei. Es ist ganz leicht möglich, daß du mich besiegst, wenn wir ringen, und daß du stärker bist als ich. Aber damit ist überhaupt nichts bewiesen. Denn dann könnte zum Beispiel Martin kommen und dich herausfordern und besiegen und dann . . .«
»Das könnte er nie!« rief Helmut.

»Ha, ha«, sagte Martin ironisch.
»Hört auf«, sagte Thomas. »Es ist ganz gleich, ob er es kann oder nicht. Es war nicht der Sinn der Wahl, daß wir uns nach ihr zu prügeln beginnen. Und weil es nicht ihr Sinn war, will ich es auch nicht tun.« Er wandte sich an die anderen. »Wenn ihr lieber Helmut als mich habt, dann könnt ihr es noch immer sagen!«
»Nein!« riefen die Kinder. »Wir wollen dich, Thomas!«
»Da siehst du es«, meinte Thomas. »Du kannst dich nicht selber wählen, wenn die anderen dich nicht wollen. Selber wählen, wenn die anderen dich nicht wollen, kannst du dich nur, indem du *alle* zusammen verprügelst. Dazu hätten wir aber wirklich keine Wahl gebraucht.«
»Außerdem möchte ich einmal sehen, wie er uns alle zusammen verprügelt!« rief ein Junge.

Der dicke Martin schob sich nach vorne. »Thomas«, sagte er, »ich habe eine Idee. Ich ringe mit Helmut als dein Stellvertreter. Du brauchst dir nicht die Hände schmutzig zu machen, und Angst zu haben brauchst du auch nicht. Den erledige ich mit der linken Hand.«
Helmut lachte. »Das möchte ich erst einmal sehen!« rief er.
»Nein«, sagte Thomas. »Hier wird sich niemand prügeln.«
»Und warum nicht, wenn ich fragen darf?«
»Weil mit Prügeln nichts bewiesen ist, mein Lieber«, sagte Thomas. »Damit mußt du dich einmal abfinden. Wenn du das nicht kannst, dann tu eben, was du willst!«
Der blonde Helmut trat von Thomas zurück.
»Das brauchst du mir nicht zweimal zu sagen!« rief er. »Und ob ich tu, was ich will!« Er drehte sich um und sah die anderen an. »Ihr werdet ja sehen, wohin ihr kommt mit eurem Thomas! Wenn es nach ihm geht, dann sitzt ihr in einer Woche noch hier! Ich bin ja nicht verrückt, daß ich mich von ihm herumkommandieren lasse!«
»Halt schon endlich den Mund«, sagte der dicke Martin. »Du machst mich ganz nervös!«
»Du wirst noch viel nervöser werden«, sagte Helmut. Dann drehte er sich um. »So«, sagte er, »ihr Wickelkinder, und jetzt möchte ich mein Essen und meine Decken zurück, denn ich mache nicht mehr mit bei eurem Idiotenverein.« Er sah Thomas an. »Na«, meinte er, »das ist dir wahrscheinlich weniger angenehm, was?«
»Es ist mir ganz gleichgültig«, sagte Thomas. »Bitte, nimm zurück, was dir gehört. Wir werden auch ohne dein Essen auskommen.«
Thomas ging zu dem Autobussitz, auf dem die Kinder

ihre Vorräte zusammengetragen hatten, schlug eine Decke zurück und sagte: »Bitte, bediene dich!«
Helmut folgte ihm und suchte aus den vielen Butterbrotpaketen und Schokoladetafeln aus, was ihm gehörte. Die anderen paßten auf. Zuletzt nahm Helmut seine beiden Decken, warf sie über die Schultern und ging, ohne auch nur ein Wort zu sagen, nach hinten, dorthin, wo er an diesem Tag schon einmal gesessen hatte – zu den Koffern und Rucksäcken.
Dort setzte er sich nieder und begann in großer Ruhe zu essen. Er aß Wurstsemmeln und Orangen. Er tat, als wäre er allein im Autobus. Die anderen schienen nicht mehr für ihn zu existieren. Thomas sah ihm eine Weile zu.
»So«, sagte er dann, »und jetzt wollen auch wir endlich zu Abend essen!« Diese Erklärung regte die anderen so auf, daß sie Helmut vollkommen vergaßen. Er hockte im Halbdunkel zwischen den Koffern, aß seine Semmeln und sah verärgert, wie sich die Kinder um Thomas drängten. Sie betrachteten den Haufen Lebensmittel auf dem Sitz.
»Paßt auf«, sagte Thomas, »wahrscheinlich kommen die Erwachsenen schon morgen vormittag, um uns auszugraben, und wir brauchen deshalb nur Essen für ein Nachtmahl und ein Frühstück.«
»Und vielleicht für ein Mittagessen«, sagte der vorsichtige Martin.
»Stimmt«, sagte Thomas. »Aber ich glaube, wir sollten einmal daran denken, daß es vielleicht noch länger dauert, bis man zu uns kommt. Möglicherweise bis morgen abend. Oder, wenn alles schiefgeht, bis übermorgen!«
Hanna erschrak. »So lange?« rief sie ängstlich.

Thomas schüttelte den Kopf.
»Bestimmt nicht so lange! Aber wir wollen es uns doch einmal vorstellen. Es *muß* nicht so sein. Aber es *kann* so sein. Und wenn wir das Essen nur für zwei Mahlzeiten einteilen, dann *könnte* es sein, daß wir dann hungern müssen!«
Aus dem Kofferraum des Autobusses erklang Helmuts Lachen. »Dann könnte es sein, dann könnte es sein!« rief er und ahmte Thomas' Stimme nach. »Ihr Milchkinder, ich sage euch ja, ihr werdet in einer Woche noch hier sitzen, wenn ihr auf Thomas hört!«
»Was würdest du denn machen, wenn wir auf *dich* hörten?« fragte ein Mädchen.
»Ich würde nicht hierbleiben, sondern mit euch allen nach Bergstadt gehen. Da wären wir morgen früh schon in Sicherheit.«
Martin wandte sich verblüfft an Thomas. »Du«, sagte er, »das ist aber gar nicht so dumm! Warum gehen wir denn nicht wirklich alle zusammen fort, anstatt hier herumzusitzen und zu warten?«
»Weil wir es Tante Beate versprochen haben«, sagte Thomas. »Und weil wir nicht alle stark genug sind, um so weit durch den Schnee zu gehen.«
Der dicke Martin sah die kleine, schmale Hanna an seiner Seite an und sagte verlegen: »Ja, das ist auch wahr. Entschuldige, daran habe ich nicht gedacht!«
Thomas nickte.
»Schon gut«, meinte er. »Ich schlage vor, wir verteilen das Essen nicht so, daß es nur für zwei Mahlzeiten reicht, sondern so, daß wir fünf Mahlzeiten daraus bereiten können.«
»Wieso fünf?« fragte ein Junge.

»Jetzt ein Abendessen«, erklärte Thomas, »morgen ein Frühstück, dann ein Mittagessen, dann noch ein Abendessen und zur Sicherheit noch ein Frühstück.«
»Und wenn die Erwachsenen viel früher kommen?« fragte der dicke Martin.
»Dann kannst du alles, was noch da ist, allein aufessen«, sagte Thomas, und die Kinder lachten. »Seid ihr einverstanden?« fragte er.
»Ja«, riefen die Kinder.
»Gut«, sagte Thomas, »dann wollen wir einmal sehen, was da ist.« Sie begannen, die Lebensmittel zu sortieren: das Obst auf einen Haufen, die Schokolade auf einen zweiten, die Butterbrote auf einen dritten, und die Schinkensemmeln kamen auf einen vierten Haufen.
Dabei hatte der dicke Martin (natürlich er, wer sonst?) wieder eine Idee.
»Moment, Moment!« rief er plötzlich aufgeregt. Die anderen hörten mit dem Zählen auf und sahen ihn an.
»Was ist denn?« fragte Lucie.
»Mir ist etwas eingefallen«, erklärte Martin. »Zuerst waren wir neunzehn Kinder, nicht wahr? Dann hat Helmut seine Sachen wieder zurückgenommen, und wir waren nur noch achtzehn.«
»Na und?« sagte Lucie.
»Wir sind aber gar nicht achtzehn«, rief Martin. »Wir sind nur siebzehn, denn Karli ist auch nicht mehr da!«
Die Kinder nickten. Daran hatten sie nicht gedacht.
»Er ist nicht da«, fuhr Martin fort, »aber sein Freßpaket liegt noch hier. Er braucht es nicht. Sollen wir es liegenlassen, oder sollen wir es nicht lieber auch verteilen?«
»Verteilen natürlich!« rief Lucie. Und die anderen Kinder waren auch dafür.

»Nein!« sagte Thomas plötzlich mit lauter Stimme.
»Nein, was?«
»Wir werden das Freßpaket nicht verteilen«, erklärte Thomas fest.
»Aber warum nicht?«
»Weil Karli Diphtherie hat«, sagte Thomas.
»Na und?«
»Ich habe einmal gelesen, daß Diphtherie eine ansteckende Krankheit ist«, sagte Thomas »Wir können sie alle bekommen, weil wir alle mit Karli zusammen waren. Ich sage: Wir *können* sie bekommen. Wir müssen nicht. Aber wenn wir Sachen essen, die er in der Hand gehabt hat, dann können wir sie viel leichter bekommen. Und deshalb werden wir die Sachen nicht anrühren.«
Das leuchtete den anderen ein. Sie nickten.
»Wir werden auch seine Decken nicht benutzen«, sagte Thomas. »Wir werden das Essen und die Decken in den Schnee hinauslegen.«
Martin seufzte.
»Außerdem werden wir uns alle im Schnee die Hände waschen, bevor wir essen«, fuhr Thomas fort. »Denn wir haben Karli die Hand gegeben und ihn angerührt.«
»Hör schon auf!« rief ein Junge. »Am besten wäre es, wenn wir überhaupt aus dem Autobus fortkämen, denn Karli hat schließlich auch im Autobus gesessen!«
»Ja«, sagte er, »das wäre das beste! Doch das geht leider nicht. Wir können nur tun, was geht. Aber das *müssen* wir tun. Oder will vielleicht einer von euch Diphtherie bekommen?«
»Blöde Frage«, sagte Martin.
»Na also«, sagte Thomas.
»Aber um das Freßpaket ist es doch ein Jammer«, sagte

der dicke Martin abschließend. Er konnte es nicht unterdrücken. Danach kletterten sie alle in den Schnee hinaus und wuschen sich die Hände. Nur Helmut blieb im Wagen und sah hämisch lächelnd zu.
Nachdem sie sich die Hände gewaschen hatten, begannen sie mit einer Bestandsaufnahme des Essens. Sie zählten alles. Und zuletzt nahm Thomas einen Zettel und schrieb auf, was sie besaßen. Auf dem Zettel stand:

61 Schinkensemmeln
24 Wurstsemmeln
68 Butterbrote
33 saure Gurken
81 Äpfel
21 Orangen
51 Tafeln Schokolade
173 Bonbons
23 Packungen Keks
12 Bananen
67 harte Eier

Danach ergab sich sofort ein neues Problem. Martin schlug vor, die gesamten Vorräte in 17 Teile zu teilen und jedem die gesamte Portion für fünf Mahlzeiten zu übergeben.
»Jeder soll essen können, wann und was er will!« meinte der dicke Junge.
Dagegen sprach sich Agathe aus. »Ich halte das nicht für gut«, erklärte sie mit leiser Stimme und stellte sich dabei auf die Zehenspitzen, damit die anderen sie besser sehen konnten. »Denn wenn jeder gleich alles bekommt, dann werden gewisse Leute auch gleich alles aufessen und nichts mehr haben und zu den anderen betteln gehen.«

»Mit den ›gewissen‹ Leuten meinst du mich, nicht?« fragte Martin empört.
»Ich habe gesagt ›gewisse‹ Leute. Ich meine niemanden besonderen«, erwiderte Agathe.
Thomas unterbrach sie.
»Das ist auch meine Meinung«, sagte er. »Ich glaube, es ist besser, wir lassen die Vorräte auf einem Haufen und nehmen nur jedesmal so viel, wie wir für eine Mahlzeit brauchen!«
»Ich halte das für eine Kateridee«, sagte Martin bockig.
»Schön«, meinte Thomas. »Stimmen wir ab! Wer ist dafür, daß die Vorräte zusammenbleiben?«
14 Kinder hoben die Hand.
»Wer ist dagegen?«
Drei Kinder hoben die Hand. (Es waren Martin und zwei Jungen.)
»Die Vorräte bleiben zusammen«, erklärte Thomas.
»Wir beugen uns vor dem Beschluß der Mehrheit«, sagte Martin vornehm.
»Es bleibt euch auch nichts anderes übrig«, sagte die kleine Agathe. Und dann begannen die Mädchen, das Abendessen zu verteilen. Die Jungen sahen ihnen dabei genau auf die Finger, besonders Martin.
Zum Abendessen bekam jedes Kind eine Wurstsemmel, ein Butterbrot, einen Apfel, ein hartes Ei, eine halbe Tafel Schokolade und drei Bonbons. Sie fanden alle, daß das ein sehr ausgiebiges Abendessen war. Sie setzten sich, und es wurde auf einmal ganz still im Autobus, während sie zu essen begannen. Richtig feierlich still!
In die feierliche Stille hinein ertönte plötzlich ein Aufschrei. Die Kinder fuhren erschrocken herum.
Es war Lucie, die geschrien hatte.

»Bist du verrückt geworden?« fragte Martin, der sich vor Schreck verschluckt hatte. »Was schreist du denn so?«
»Josef!« rief Lucie mit schriller Stimme. »Josef! Wir haben Josef vergessen!«
Die Kinder ließen ihre Wurstsemmeln sinken.
Bei Gott, sie hatten Josef, das dicke schwarze Schaf, vergessen! Martin faßte sich als erster.
»Josef ist so dick, daß er ruhig einmal ein bißchen hungern kann«, meinte er.
Lucie sprang auf. »Du bist genauso dick!« rief sie. »Ich möchte wissen, was du sagen würdest, wenn man dir nichts zu essen gäbe!«
»Ich bin ein Mensch«, sagte Martin. »Josef ist ein Tier. Menschen kommen zuerst!«
Lucie wandte sich an Thomas. »Aber das geht doch nicht!« rief sie. »Josef kann doch nicht einfach hungern!«
»Du kannst ihm ja dein Essen geben!« rief ein Junge.
Thomas stand auf. »Ich kann natürlich niemanden zwingen, Josef etwas abzugeben«, sagte er. »Aber ich glaube, daß *ich* ihm jedenfalls eine halbe Wurstsemmel geben werde.« Und das tat er auch.
Josef fraß sie schnell und leckte ihm dankbar die Hand.
Die Kinder sahen beschämt zu. Nachdem Thomas sich wieder gesetzt hatte, fütterte Lucie das Schaf. Dann stand der dicke Martin auf. Er versuchte, Josef ein saures Bonbon zu geben, aber Lucie sah ihn an, und sofort brach er ein Stück seines Butterbrotes ab. Von da an stand ein Kind nach dem anderen auf und brachte Josef zu essen.
Auf diese Weise wurde das Schaf satt und legte sich zufrieden auf den Boden. Die anderen Kinder wußten nicht, was sie tun sollten. Sie wollten dem Schaf auch zu essen geben.

»Heute hat es genug«, erklärte Lucie, die es wissen mußte. »Aber morgen zum Frühstück könnt ihr ihm etwas geben!«
Die Kinder nickten. Sie setzten sich wieder und fuhren fort zu essen.
»Es hat mir noch nie so gut geschmeckt«, sagte Martin.
»Ja«, sagte die kleine Hanna, »das stimmt!« Sie steckte eine saure Gurke in den Mund, aber sie vergaß abzubeißen. Sie starrte plötzlich vor sich hin.
»Na«, sagte Martin, der sie beobachtete, »was hast du denn auf einmal?«
»Nichts«, sagte Hanna. »Glaubst du, daß Tante Beate jetzt schon bei Karli ist?«

*

Karli schlief.
Er lag unter dem großen verschneiten Baum im Wald und träumte, er säße in einer bunten Luftschaukel auf einem Jahrmarkt. Die Musik spielte, es waren viele Menschen da, und alle Schaukeln waren voll besetzt. In jeder saßen oder standen zwei Leute und schwangen die Schaukeln auf und nieder, nur in seiner Schaukel war ein Sitz leer geblieben, und er war allein.
Er stand auf, beugte die Knie und schwang die bunte Holzschaukel heftig auf und nieder. Wenn er hinaufflog, sagte er »Huuu!«, und wenn er hinunterflog, rief er »Hiiiii!« Und dabei hatte er das Gefühl, daß sein Magen hin und her zu wandern begann. Die Menschen unter ihm wurden klein wie Puppen, er sah über die Dächer der Buden hinweg, und die Schaukel flog immer höher. Nun stieß sie schon oben an, Karli stand beinahe kopf, wenn sie richtig ausschlug, und er fühlte, daß ihm ein bißchen schwindlig wurde. Er beschloß, mit dem Schwingen aufzuhören und zu bremsen.
Aber das Bremsen half nichts! Sosehr er sich auch gegen die Bewegung der Schaukel stemmte, sosehr er auch versuchte, ihren Flug aufzuhalten – die Schaukel wurde immer wilder. Nun überschlug sie sich bereits wie ein rollender Reifen, und Karli stand plötzlich auf dem Kopf, wobei er sich fest anhalten mußte, um nicht hinunterzufallen. Die ganze Gegend wirbelte um ihn. Alles drehte sich im Kreis. Die Häuser flogen auf ihn zu und von ihm weg, die Menschen wurden groß und wieder ganz klein, und die Musik dröhnte in seinen Ohren, daß ihm ganz schlecht wurde.
»Aufhören!« schrie Karli. »Aufhören! *Aufhören!!!*« Aber niemand hörte ihn. Die Schaukel war toll geworden. Sie

drehte sich schon so schnell wie ein Autorad, und die Balken, an denen sie hing, begannen zu ächzen. Sie stöhnten und schwankten, und das ganze Gerüst wackelte wie im Sturm.
»Hilfe!« schrie Karli.
Niemand hörte ihn.
Und plötzlich gab es einen entsetzlichen Ruck, und er sah verzweifelt, wie die Balken, an denen die Schaukel hing, aus der Erde gezogen wurden. Die Schaukel erhob sich mit ihm in die Lüfte.
Wie ein Komet sauste Karli nun dahin, die langen Balken flogen hinter ihm her, und er beschrieb einen riesenhaften Bogen über den Himmel. Die ganze Stadt glitt unter ihm weg, und dann begann die Schaukel zu stürzen.
Die Luft rauschte an Karli vorüber, während sie stürzten, und er sah mit Entsetzen, wie die Häuser und Kirchtürme größer und größer wurden und in rasender Eile auf ihn zukamen. Karli schloß die Augen.
Jetzt, dachte er, jetzt gleich werden wir zusammenstoßen!
Im nächsten Augenblick gab es einen ohrenbetäubenden Krach, und er schrie auf.
Er schrie noch, als er die Augen aufschlug.
Er lag im Schnee, und Herr Wiedmann leuchtete ihm mit einer Taschenlampe ins Gesicht. Hinter Herrn Wiedmann stand Tante Beate.
Karli sah sie beide wie durch dichten Nebel.
»Sei still, Karli«, sagte Herr Wiedmann, während er ihn hochhob und auf den Schlitten bettete, wo er ihn zudeckte, »jetzt sind wir ja wieder bei dir.«
Karli klapperte vor Angst mit den Zähnen.
»Warum hast du denn geschrien?« fragte Tante Beate.

»Die Schaukel ist davongeflogen«, sagte Karli. Tante Beate sah Herrn Wiedmann an, und dieser schüttelte den Kopf.
»Hier«, sagte er und gab Karli die Schokolade, die er vom dicken Martin erhalten hatte, »das schickt dir Martin.«
Karli sah die Schokolade an, aber er nahm sie nicht.
»Martin war nicht in der Schaukel«, sagte er.
»Karli, das ist Schokolade!« rief Tante Beate.
»Mit Schokolade hätte ich vielleicht bremsen können«, sagte Karli. »Aber so sind wir zusammengestoßen . . .«
Er seufzte, schloß die Augen und murmelte etwas, was man nicht verstehen konnte.
Nur plötzlich rief er laut: »Vorsicht! Ein Kirchturm!«
Herr Wiedmann zuckte mit den Schultern und legte ihm eine Hand auf die heiße Stirn.
»Er phantasiert«, sagte er. »Wir müssen uns jetzt sehr beeilen!«
Tante Beate nickte. Sie hob den Schlitten mit Karli hinten auf, Herr Wiedmann hob ihn vorne. Zusammen gingen sie weiter in den Wald hinein. Herr Wiedmann hatte seine Taschenlampe an einem Knopf seiner Jacke befestigt, die er wieder angezogen hatte. Den Spaten trug er unter den Arm geklemmt. Die beiden Erwachsenen wanderten weiter in den Wald hinein.
Karli wußte von alldem schon nichts mehr.
Er war wieder eingeschlafen.

*

Im Autobus hatten die Kinder ihr Abendessen beendet und bereiteten sich zum Schlafen vor. Thomas verteilte die Decken, als Kopfpolster nahmen die Kinder ihre

Mäntel und Schals. Manche machten sich in ihren Ecken richtige kleine Nester. Sie behielten alle ihre Schuhe und Kleider an.
Helmut saß noch immer zwischen den Koffern. Er sah den anderen zu, aber er rührte sich nicht. Nur einmal stand er auf, um seine eigene Decke auszubreiten.
Thomas rief die Jungen zusammen.
»Paßt auf«, sagte er, »die Mädchen kommen für das, was ich vorhabe, nicht in Frage. Die Mädchen sollen schlafen. Aber ich glaube, es wird gut sein, wenn wir einen Wachdienst einrichten.«
»Wozu?« fragte Martin.
»Für den Fall, daß die Erwachsenen noch in der Nacht zurückkommen«, sagte Thomas. »Dann werden sie uns leichter finden. Oder vielleicht passiert irgend etwas.«
»Was soll passieren?« fragte ein Junge.
»Das weiß ich nicht«, sagte Thomas. »Aber *wenn* etwas passiert und einer von uns wach ist, dann kann er gleich die anderen wecken.«
Das leuchtete den Jungen ein.
Thomas nahm seine Armbanduhr ab. »Ich fange an«, sagte er. »Jeder wacht eine Stunde. Ich gebe meine Uhr weiter. Jetzt ist es acht Uhr. Um sechs Uhr ist es schon etwas hell. Bis dahin wollen wir wachen. Wir sind zehn, es geht sich gerade aus.«
»In welcher Reihenfolge wollen wir wachen?«
»Das können wir gleich bestimmen«, sagte Thomas.
Hinten bei den Koffern hörte Helmut zu. Er wäre am liebsten nach vorne gelaufen und hätte mitgemacht, denn die Sache mit dem Wachen regte ihn sehr auf. Aber er blieb sitzen. Nein, dachte er, er hatte eine viel bessere und aufregendere Idee!

Die Jungen hatten mittlerweile die Reihenfolge bestimmt. Thomas verriegelte die Tür des Autobusses.
»Schaut her«, sagte er. »Hier sind die Schalter für die Scheinwerfer! Wenn ihr etwas seht oder hört, dann dreht ihr sie an!« Er zeigte den anderen, wie man die Scheinwerfer in Betrieb setzte.
»Woher weißt du denn das alles?« fragte Martin beeindruckt.
»Ich habe Herrn Wiedmann in Salzburg gebeten, es mir zu erklären«, sagte Thomas. Er ließ die Jungen an die Schalter und wartete, bis alle gezeigt hatten, daß sie die Scheinwerfer bedienen konnten.
»Und wenn etwas los ist, dann weckt ihr sofort die anderen auf!« sagte er.
Die Jungen nickten und zogen sich auf ihre Plätze zurück.
»Habt ihr alles, was ihr braucht?« fragte Thomas.
»Ja«, riefen die Kinder.
»Gut«, sagte Thomas. »Dann drehe ich jetzt das Licht aus.« Er tat es. Im Autobus wurde es dunkel, von draußen leuchtete hell der Schnee im Licht des Mondes, der eben über einen Berg heraufkam.
Thomas setzte sich an den Platz Herrn Wiedmanns hinter dem Steuerrad, man konnte seinen Rücken als Silhouette sehen. Er drehte einmal kurz die Scheinwerfer an, dann löschte er sie wieder.
Im Autobus wurde es still.
»Gute Nacht allerseits«, sagte Thomas.
»Gute Nacht«, murmelten die Kinder. Sie rutschten noch in ihren Sitzen hin und her, streckten und dehnten sich, gähnten und zogen ihre Decken zurecht.
Lucie sah nach, was Josef machte. Er schlief bereits, und

als sie ihn streichelte, brummte er ein bißchen im Traum. Der dicke Martin legte einen Arm um Hanna und zog ihre Decke hoch.
»Liegst du gut?« fragte er.
»Ja«, sagte Hanna schläfrig. »Wann mußt du wachen?«
»Von fünf bis sechs«, sagte Martin stolz. »Ich bin der letzte!«
»Hast du gar keine Angst?«
»Angst«, wiederholte Martin so, als wäre ihm überhaupt noch nicht der Gedanke gekommen. »Wovor denn?«
»Ich weiß nicht, wovor. Ich habe nur gedacht, du hättest vielleicht welche«, murmelte Hanna schläfrig. Sie lehnte sich an ihn, und er hielt sie fest in seinem Arm. Er kam sich unerhört stark und erwachsen vor.
Nach und nach hörten auch die geflüsterten Gespräche auf. Der Mond stand jetzt über dem Berg, und sein grünes Licht fiel auf den roten Autobus. Vorne, hinter dem Lenkrad, saß Thomas. Er sah auf seine Uhr. Es war halb neun.

*

Herr Wiedmann und Tante Beate marschierten durch die Nacht. Im Mondschein war es leichter, den Weg zu finden, und eine Zeitlang blieb der Schnee so hart, daß man auf ihm weiterkommen konnte, ohne zu graben. Sie trugen den Schlitten mit Karli. Tante Beate ging hinten, Herr Wiedmann vorne. Sie trugen ihn ein weites Stück, dann setzten sie ihn nieder und ruhten sich eine Weile aus. Und dann trugen sie ihn weiter. Tante Beate taten die Arme und die Beine weh, aber sie sagte kein Wort. Sie sah nur immer wieder besorgt nach Karli, der nicht mehr richtig aufwachte. Er sprach im Traum, phantasierte und schlief schlecht. Wenn er die Augen manchmal öffnete, erkannte er niemanden und wußte sichtlich nicht, wo er war und was mit ihm geschah. Gegen Mitternacht kamen sie dann wieder in tiefen Schnee, und Herr Wiedmann mußte einen Pfad freischaufeln. Tante Beate setzte sich erschöpft an das Fußende des Schlittens. Sie seufzte tief und massierte ihre schmerzenden Beine.

»Jetzt kann es nicht mehr weit sein«, sagte Herr Wiedmann, der sich nach ihr umdrehte, mitleidig. »Meiner Ansicht nach müssen wir bald wieder zur Straße kommen.«

»Hoffentlich«, sagte Tante Beate. »Lange halte ich es nicht mehr aus.«

»Denken Sie an den Jungen«, sagte Herr Wiedmann über die Schulter, während er Schnee schaufelte. »Der muß heute nacht noch ins Krankenhaus, sonst ist es zu spät für den armen Kerl!«

»Glauben Sie auch wirklich, daß wir auf dem richtigen Weg sind?« fragte Tante Beate.

»Ich hoffe es«, sagte Herr Wiedmann, ein bißchen gereizt. »Ich habe jedenfalls alles getan, um . . .«

Er sprach nicht weiter.

»Was haben Sie denn?« fragte Tante Beate.

Er gab keine Antwort.

»Herr Wiedmann!« rief sie. »Was ist passiert?«

Der Chauffeur starrte in die Ferne.

»Licht«, sagte er. »Ich sehe ein Licht!«

Tante Beate sprang auf.

»Wo?« rief sie.

»Dort vorne!«

Herr Wiedmann zeigte mit der Hand. Und tatsächlich:

Weit vor ihnen, im Schnee, leuchtete ein kleines helles Licht herüber.
Es schien aus einem Fenster zu kommen. Und das Fenster mußte zu einem Haus gehören! Und in dem Haus mußten Menschen sein! Und die Menschen würden ihnen helfen!
Tante Beate konnte vor Aufregung nicht still stehen.
»Licht!« schrie sie laut. Und dann fiel sie Herrn Wiedmann plötzlich um den Hals und gab ihm einen Kuß. Im nächsten Augenblick ließ sie ihn erschrocken wieder los.
»Verzeihen Sie, Herr Wiedmann«, sagte sie verlegen. »Das ist sonst nicht meine Art. Es war nur, weil ich so glücklich bin.«
»Schon gut«, sagte der Chauffeur. »Sie brauchen sich nicht zu entschuldigen, Fräulein Beate. Ich bin auch glücklich.«
Und dann küßte er sie gleichfalls.

*

Gegen dreiviertel eins hatten sie sich bis auf wenige Meter an das Haus herangearbeitet. Das Licht schien noch immer. Der Schnee wurde wieder härter, und Herr Wiedmann sah, daß sich hinter dem Haus die Landstraße hinzog. Und die Landstraße war nicht verschüttet! Er blickte sich nach Tante Beate und dem Schlitten um.
»Können Sie ihn ziehen? Ich laufe schnell hinein!« sagte er.
Sie nickte.
Herr Wiedmann stolperte durch den Schnee zur Haustür und klopfte.

»Herein!« rief eine Männerstimme. Der Chauffeur trat ein, während Tante Beate den Schlitten das letzte Stück an das Haus heranzog. Im Inneren des Hauses, in einer großen Stube, saß ein alter Mann an einem Tisch und rauchte eine Pfeife. Er schien gerade einen Brief geschrieben zu haben und im Begriff zu sein, schlafen zu gehen.

»Guten Tag«, sagte Herr Wiedmann hastig und außer Atem. »Haben Sie ein Telefon?«

Der alte Mann stand auf und nickte verblüfft.

»Ja«, sagte er, »da drüben, aber wieso ...«

Herr Wiedmann hörte schon nicht mehr auf ihn. Er rannte zu dem altmodischen Telefonapparat, der neben der Tür an der Wand befestigt war, hob den Hörer ab und drehte an einer Kurbel. Es klingelte.

Der alte Mann klopfte Herrn Wiedmann auf den Arm.

»Hören Sie«, sagte er, »wollen Sie mir nicht erklären ...?«

»Später«, sagte der Chauffeur und schob ihn beiseite. »Gehen Sie hinaus, draußen liegt ein Kind. Helfen Sie es hereinbringen!«

Der alte Mann nahm seine Pfeife aus dem Mund und starrte ihn an. Dann drehte er sich um und ging hinaus.

»Hallo!« rief Herr Wiedmann. »Hallo! Hallo!«

Eine Frauenstimme meldete sich.

»Fräulein!« rief Herr Wiedmann hastig, »bitte geben Sie mir sofort das Krankenhaus! Es ist sehr wichtig! Wir haben hier ein Kind mit Diphtherie!«

»Ich verbinde«, sagte die Stimme des Fräuleins im Fernsprechamt.

Dann klickte es in der Leitung. Und dann hörte Herr

Wiedmann zu seiner unendlichen Erleichterung eine freundliche, tiefe Männerstimme, welche langsam sagte: »Hier Städtisches Krankenhaus!«

*

Die Jungen im Autobus lösten einander pünktlich ab. Der Mond wanderte über den Himmel, die Stunden vergingen eine nach der anderen, und ein Junge nach dem anderen setzte sich hinter das große Steuer, um eine Zeitlang zu wachen. Der letzte, der an die Reihe kam, war Martin. Er stolperte schlaftrunken nach vorne, setzte sich und zog die Decke hoch. Es war sehr kalt im Autobus. Martin fror. Er hatte sich seine Wache viel lustiger vorgestellt. Er knipste ein paarmal die Scheinwerfer an und aus, aber auch das machte ihm keinen rechten Spaß. Er war müde, und ihn fror. Es würde ohnehin nichts geschehen, dachte er. Draußen wurde es langsam heller. Die Gegend wurde grau. Der neue Tag zog herauf.

Martin preßte die steifen Knie an den dicken Bauch und gähnte. Zehn Minuten später war er tief eingeschlafen . . .

*

Zu dieser Zeit erwachte Helmut. Er brauchte eine Weile, um sich zurechtzufinden, dann fiel ihm wieder ein, wo er sich befand. Und gleichzeitig damit erinnerte er sich an seinen Plan vom Abend vorher.

Er hatte es satt, hier länger herumzusitzen, sich von Thomas Befehle erteilen zu lassen und zu warten, bis die Erwachsenen kamen! Wenn diese Kleinkinder ihm nicht glauben wollten, daß es das beste war, sich selber einen Weg durch den Schnee zu suchen, dann würde er es ihnen beweisen.

*Er* würde einen Weg finden! Und wenn die anderen dann ankamen, saß er schon lange gemütlich und warm in dem Hotel und konnte sie auslachen! Dann würden sie alle erkennen, daß sie einen Fehler begangen hatten, als sie Thomas wählten und nicht ihn! Dann würde es ihnen aber leid tun!

Helmut hatte schon einen ganz bestimmten Plan. Es war eigentlich ein sehr einfacher Plan, und er konnte gar nicht mißlingen. Er würde direkt den Spuren nachgehen, die Herr Wiedmann und Tante Beate im Schnee zurückgelassen hatten. So *mußte* er ans Ziel kommen.

Es war Helmut klar, daß er aufbrechen mußte, solange die anderen noch schliefen. Später würden sie ihn bestimmt festzuhalten versuchen. Nein, *jetzt* war die einzig richtige Zeit! Er sah nach vorne.

Der dicke Martin war in Herrn Wiedmanns Sitz zusammengesunken und schnarchte leise. Auch die anderen Kinder schliefen noch tief. Es war ganz still im Autobus. Draußen wurde es merklich heller. Der Himmel war klar. Bald wird die Sonne aufgehen, dachte Helmut. Er erhob sich leise und vorsichtig, steckte an Essen ein, was ihm von seinem Vorrat noch geblieben war, und schlich dann auf Zehenspitzen nach vorne. Dabei mußte er über Josef steigen, der mitten auf dem Gang lag. Als er bei dem fest schlafenden Martin vorüberkam, ergab sich eine Schwierigkeit. Er konnte die Tür nicht öffnen, denn vor ihr lagen auf einer Decke die Lebensmittel, welche die anderen zusammengetragen und sortiert hatten. Helmut versuchte, die Decke beiseitezuziehen, aber das machte zuviel

Lärm. Ein Mädchen bewegte sich unruhig im Schlaf. Helmut stand stocksteif und still, bis sie ruhig weiterschlief, dann schob er den Riegel der Tür zurück.
Er wollte versuchen, *über* die Lebensmittel zu steigen. Vorsichtig öffnete er die Tür. Sie quietschte ein bißchen. Von draußen kam eiskalte Morgenluft herein. Ich muß mich beeilen, sonst wachen noch alle auf, dachte Helmut. Mit einem Ruck öffnete er die Tür ganz. Dabei kam die Decke ins Gleiten, und ein großer Teil der Butterbrote, Schinkensemmeln und Äpfel rutschte über die Blechstufen in den Schnee hinunter. Wieder verursachte Helmut

einigen Lärm. Aber die anderen erwachten nicht. Nur Martin brummte etwas im Schlaf.
Helmut überlegte: Soll ich die Lebensmittel wieder einsammeln und zurücklegen? Kann ich das riskieren, ohne fürchten zu müssen, daß die anderen dabei erwachen?
Nein, das konnte er nicht riskieren!
Er trat ins Freie und schloß die Tür hinter sich zu. Versehentlich stieg er auf ein Butterbrot.
Er bemerkte es gar nicht. Vorsichtig und gebückt schlich er vorn um den Autobus herum.
Da drüben begann Herrn Wiedmanns Fußspur!
Mit ein paar großen Sätzen war Helmut bei ihr. Er begann eilig auf den verschneiten Wald loszumarschieren.
Einmal drehte er sich noch um.
Der rote Autobus stand still und friedlich zwischen den Felsen. Nichts regte sich. Helmut ging weiter. Er fühlte sich sehr stark und unternehmungslustig.

# Das fünfte Kapitel

*Es war höchste Zeit – Eine Sirene heult durch die Nacht – »Die Schaukel fliegt noch immer!« – Herr Wiedmann telefoniert mit der Polizei – Alarm! – Ein Chauffeur gibt gute Ratschläge und schläft dabei selber ein – Der dicke Martin erwacht mit einem Ruck und sieht die Bescherung – Sensation im Autobus – Ein alter Mann wird geimpft – »Wollen Sie nicht gefälligst die Tür zumachen?« – Eine riesige Hand schleudert Helmut durch die Luft – Es donnert noch einmal – Hanna verliert die Nerven – Thomas denkt nach und kommt zu einer schrecklichen Erkenntnis.*

Zu jener Zeit, da Helmut den Autobus verließ, um im ersten Morgengrauen Herrn Wiedmanns Spuren nachzugehen, lag der kleine Karli bereits in einem weichen, warmen, weißen Krankenhausbett, und ein Arzt gab ihm gerade eine Spritze. Karli seufzte ein bißchen und zuckte zusammen, als die spitze Nadel in seinen Arm eindrang, aber er erwachte nicht. Er war nicht mehr erwacht, seit er unter dem großen Baum im Wald eingeschlafen war und von der wildgewordenen Luftschaukel geträumt hatte. Er lag in einem Bett im Krankenhaus von Bergstadt und schlief und wußte nichts davon, wie er hierhergekommen war. Das wußten nur Herr Wiedmann und Tante Beate, die neben seinem Bett standen und dem Arzt zusahen.
»Ein Glück, daß es so schnell gegangen ist«, sagte der Arzt. »Es war höchste Zeit!«

Herr Wiedmann nickte.
Er erinnerte sich an das Haus an der Landstraße und an das Telefongespräch, das er dort geführt hatte. Er hatte dem Mann in der Telefonzentrale des Krankenhauses erklärt, wo er sich befand und daß er ein schwerkrankes Kind bei sich hatte, das sofort zum Arzt gebracht werden mußte. Der Mann in der Telefonzentrale hatte versprochen, ein Rettungsauto zu schicken.
Es dauerte eine Stunde, bis das Auto kam. Herr Wiedmann bettete den unruhig schlafenden Karli auf die Bank beim Ofen, und der alte Mann machte heißen Kaffee. Er sagte, er habe die Lawinen zwar donnern hören, sie aber nicht gesehen. Tante Beate sprach wenig. Nachdem sie Kaffee getrunken hatte, legte sie den Kopf auf die Tischplatte und schlief, bis das Rotkreuz-Auto kam. Dann half sie Herrn Wiedmann Karli in den Wagen tragen. Als sie die beiden Männer sah, die mit dem Krankenwagen gekommen waren, wurde sie wieder munter.
»Ich muß zur Polizei!« rief sie. »Ich muß dafür sorgen, daß eine Hilfsmannschaft aufbricht! Ich bin für einen Autobus voll Kinder verantwortlich, die im Schnee eingeschlossen sind!«
Herr Wiedmann klopfte ihr freundlich auf die Schulter.
»Immer schön eins nach dem anderen«, meinte er. »Zuerst bringen wir Karli ins Krankenhaus.«
Und so geschah es. Nachdem sie sich von dem alten Mann verabschiedet hatten, kletterten sie selber in den Rettungswagen, und die Fahrt ging los! Das weiße Auto mit dem roten Kreuz sauste über die verschneite Landstraße nach Süden, daß der Wind an den Fenstern heulte. Ab und zu, an gefährlichen Kreuzungen, ließ der Fahrer eine

Sirene aufheulen. Das Auto schwankte hin und her. Einer der Männer hielt Karli fest, damit er nicht von der Tragbahre, auf die man ihn gelegt hatte, zu Boden glitt. Tante Beate saß neben Herrn Wiedmann. Alle paar Minuten fiel ihr Kopf schwer nach vorne, und sie schlief übermüdet ein. Dann, etwas später, schüttelte das Auto besonders heftig, und sie schreckte wieder auf.
»Die Kinder«, sagte sie, »ich muß zu den Kindern!«
»Schon gut«, sagte Herr Wiedmann, »schon gut!« Und er klopfte ihr freundlich auf die Knie.
Der weiße Wagen mit dem roten Kreuz fuhr schnell weiter nach Süden . . .
Eine Stunde später waren sie in der Stadt. Sie fuhren

durch menschenleere Gassen und hielten schließlich vor einem großen Haus, über dessen Eingang zu lesen war:

STÄDTISCHES KRANKENHAUS

Die beiden Männer sprangen hinaus und hoben die Tragbahre mit dem schlafenden Karli ins Freie. Sie trugen sie über Stiegen und durch viele stille Gänge. Herr Wiedmann und Tante Beate folgten ihnen. Ihre Schritte hallten laut. Schließlich erreichten sie ein Zimmer, in dem ein Einzelbett stand, und dort setzten die beiden Männer Karli zu Boden. Ein Arzt kam, Herr Wiedmann erzählte schnell alles, was der Doktor wissen mußte, und währenddessen zog eine Schwester dem Jungen die Kleider aus und legte ihn ins Bett. Dabei erwachte Karli für ein paar Augenblicke und sagte, mit aufgerissenen Augen um sich blickend, heiser: »Die Schaukel fliegt . . . sie fliegt noch immer!«

Die Schwester legte ihm beruhigend eine Hand auf die heiße Stirn und nickte. Sie wußte nicht, wovon er sprach. Sie konnte es auch nicht wissen! Dazu hätte sie von seinem Traum wissen müssen. Nachdem man Karlis Temperatur gemessen und seinen Hals gründlich mit Hilfe einer starken elektrischen Lampe angeschaut hatte, bekam er seine erste Spritze.

Und das, wir sagten es schon, geschah zu eben jener Zeit, da Helmut den Autobus mit den schlafenden Kindern verließ und Herrn Wiedmanns Spuren in den Schnee hinein folgte . . .

»Herr Doktor«, sagte Herr Wiedmann, als der Arzt Karli die Injektion gemacht hatte und sich wieder aufrichtete, »wir müssen jetzt schnell mit der Polizei telefonieren!«

»Warum?« fragte der Arzt.

»Zunächst«, sagte Tante Beate schläfrig, »muß die Polizei sich mit der Polizei in Salzburg in Verbindung setzen und dafür sorgen, daß Karlis Mutter verständigt wird. Wahrscheinlich will sie mit dem nächsten Eisenbahnzug hierher zu ihrem Jungen kommen.«

Der Arzt nickte.

»Und ferner«, sagte Herr Wiedmann, »muß sofort eine Hilfsmannschaft ausrücken und versuchen, sich einen Weg in das Lawinengebiet zu graben, denn dort steht mein Autobus, und in dem Autobus schlafen achtzehn Kinder!« (Herr Wiedmann wußte nicht, daß in diesem Augenblick nur noch 17 Kinder in seinem Autobus schliefen!)

»Um Gottes willen«, sagte der Arzt, »dann müssen wir wirklich sofort die Polizei verständigen! Bitte, folgen Sie mir!« Er führte die beiden einen Gang entlang bis zu seinem Privatzimmer und wählte dort eine Nummer.

»Polizei?« sagte er in den Hörer. »Einen Moment!« Und er winkte Herrn Wiedmann heran.

Der Chauffeur übernahm den Telefonhörer, sagte, wer und wo er war, und berichtete vor allem, was sich ereignet hatte. Am anderen Ende der Leitung saß ein Polizist, der alles, was Herr Wiedmann sagte, mitschrieb.

Der Polizist saß ganz allein in der Amtsstube seines Reviers, auf seinem Schreibtisch brannte noch die Lampe, obwohl bereits durch die Fenster blasses Morgenlicht in den Raum fiel. Nebenan schliefen die Kollegen des Polizisten, man konnte sie schnarchen hören. Der Polizist am Telefon gähnte, während er mitschrieb. Er war die ganze Nacht aufgewesen und sehr müde.

»Ja«, sagte er, »ja, ja, ich verstehe . . . eine Hilfsmannschaft, jawohl . . . ich werde alles Nötige veranlassen . . .

Wo sind Sie? Im Städtischen Krankenhaus? Gut, wir holen Sie im Vorüberfahren ab!«
Er legte den Hörer hin und stand auf. Er ging zur Tür des Raumes, in dem seine Kollegen schliefen, öffnete sie und betrachtete kurze Zeit die Männer, die auf ihren Feldbetten friedlich schlummerten. Dann zog er eine kleine Pfeife aus der Tasche und pfiff gellend.
Die Polizisten fuhren erschrocken in ihren Betten auf.
»Aufstehen!« rief der Wachhabende.
Dabei grinste er ein bißchen. Aus Schadenfreude.

*

Im Krankenhaus legte auch Herr Wiedmann den Hörer nieder. Er hatte sich beim Sprechen gesetzt und drehte sich jetzt um. Dabei bemerkte er, daß der Arzt das Zimmer wieder verlassen hatte. Tante Beate saß in einem Lehnstuhl und schlief mit offenem Mund. »Fräulein Beate«, sagte Herr Wiedmann, »Sie können jetzt nicht einschlafen! Gleich kommt die Polizei und holt uns ab! Fräulein Beate!« rief er, etwas lauter, und schob den Stuhl zurück, um sich zu erheben.

Dabei machte er die Entdeckung, daß seine Knie so schwer waren wie Blei. Schon halb erhoben, ließ er sich wieder in den Sessel zurückfallen. Sein Kopf sank nach vorne. Er atmete tief aus.

»Fräulein Beate«, sagte Herr Wiedmann noch einmal, schon sehr undeutlich, »Sie können jetzt nicht schla . . .«

Er sprach nicht mehr zu Ende. Denn er schlief bereits selber.

Es war halb sieben.

*

Helmut hatte den Waldrand erreicht und ging auf weniger tiefem Schnee schnell weiter zwischen den Bäumen. Er war großartig aufgelegt. Lächerlich, dachte er, da hat Herr Wiedmann mir erzählt, ich bin nicht groß und stark genug, ihn zu begleiten, und jetzt gehe ich den gleichen Weg wie die Erwachsenen, *allein*, ohne Hilfe und selbständig – und es ist alles in bester Ordnung!

Helmut griff in die Tasche, holte ein Butterbrot heraus und begann, im Weitergehen, zu essen. Es schmeckte ihm wunderbar. Nachdem er fertiggegessen hatte, fing er an,

vor Vergnügen zu pfeifen. Er stellte sich vor, was für Gesichter die Leute in der Stadt machen würden, wenn er ankam und sagte, daß er es ganz allein fertiggebracht hatte, aus dem Lawinengebiet herauszukommen! In ein paar Stunden werde ich es geschafft haben, dachte er, es kann ja gar nichts passieren. Die Spuren der Schuhe von Herrn Wiedmann und in ihnen diejenigen von Tante Beate zeichneten sich noch immer deutlich vor ihm ab. Ein Glück, daß es nachts nicht geschneit hatte!
Helmut pfiff fröhlich. Einmal unterbrach er sein Pfeifen und lachte laut auf.
Er stellte sich das dumme Gesicht vor, das der dicke Martin machen würde, wenn er erwachte und sah, was geschehen war.

*

Der dicke Martin erwachte mit einem Ruck.
Er hatte geträumt, er gehe mit Lucie und Hanna baden. Das Wasser des Bassins, in das sie stiegen, war seltsamerweise nicht blau, sondern rot. Und als er ein bißchen davon kostete, konnte er zu seiner angenehmen Überraschung feststellen, daß überhaupt kein Wasser in diesem Bassin war, sondern reiner Himbeersaft! Martin stürzte sich in die Fluten. Er schwamm und tauchte. Und immer, wenn er tauchte, nahm er einen großen Schluck von dem herrlichen süßen Himbeersaft.
Dann aber begann der Saft plötzlich unruhig zu werden und Wellen zu werfen. Zuerst waren die Wellen noch klein, und Martin konnte ihnen ausweichen. Doch in beängstigender Eile wurden die Wellen größer und größer, wuchsen mächtig an und verwandelten bald das ganze

Bassin in einen entsetzlich wildbewegten Ozean. Martin sah sich nach den beiden Mädchen um. Sie kämpften bereits verzweifelt mit den Fluten. Er wollte ihnen zu Hilfe eilen, doch dabei erreichte ihn selbst eine haushohe Welle, warf ihn hoch und zog ihn dann mit sich hinunter in die süße, klebrige, himbeerrote Tiefe. Martin schluckte und schluckte und schluckte. Er bekam keine Luft mehr, er fürchtete zu ersticken, mit letzter Kraft stieß er sich verzweifelt vom Boden des Beckens ab und tauchte, mit Händen und Füßen rudernd, aus dem Himbeermeer auf.

Und in diesem Augenblick erwachte er, nach Atem ringend, in Herrn Wiedmanns Sitz hinter dem Lenkrad des roten Autobusses.

Pfui Teufel, dachte Martin, war das ein Traum!

Er schüttelte sich und streckte die steifen Beine aus. Dabei fiel sein Blick auf den Boden, und er sah, was mit den Lebensmitteln auf der großen Decke geschehen war.

Erschrocken stand er auf. Ein Blick ins Freie zeigte ihm mehr. Er riß die Tür auf und sprang in den Schnee. Hier lagen Brote, Obst und Schokolade. Und das meiste davon war, wie Martin feststellte, steinhart gefroren, weil die Nacht so kalt gewesen war. Martin tat das Herz weh.

Das gute Essen!

Wie konnte das nur geschehen sein? Schuldbewußt sagte er sich, daß er selber verantwortlich für dieses rätselhafte Unglück war. Er hatte seine Pflicht vernachlässigt. Er war eingeschlafen! Wenn er nicht eingeschlafen wäre, hätte das alles nicht geschehen können. Er bückte sich hastig und hob ein paar von den steinhart gefrorenen Broten auf. Dann ließ er sie wieder fallen.

Er kletterte in den Autobus zurück. Wie war das geschehen, grübelte er. Wie war das geschehen? Jemand mußte

die Tür geöffnet und die Lebensmittel hinausgestoßen haben . . . aber wer? Wer? Seine Blicke wanderten durch den Wagen mit den schlafenden Kindern.
Und dann bemerkte er, daß Helmut fehlte.
»Helmut fehlt!« schrie Martin laut.
Thomas erwachte als erster und fuhr in die Höhe. Hinter ihm wurden andere Kinder munter. Sie rieben sich verschlafen die Augen, sahen, daß die Sonne bereits in den Wagen schien, und starrten den dicken Martin an, der aufgeregt winkte.
»Was ist los?« fragte Thomas.
»Helmut!« schrie der dicke Martin. »Helmut ist verschwunden!«
Die Kinder, die schon munter waren, sprangen auf und drehten sich nach hinten um. Tatsächlich: Der Platz bei den Koffern und Rucksäcken war leer!
»Wie hat er verschwinden können?« rief Thomas. »Du hast doch neben der Tür gesessen und aufgepaßt?«
Martin senkte den Kopf.
»Das stimmt nicht ganz«, meinte er betreten.
»Was stimmt nicht ganz?«
»Ich habe zwar neben der Tür gesessen, aber ich habe nicht aufgepaßt«, erwiderte Martin schuldbewußt.
»Und warum nicht?«
»Weil ich eingeschlafen bin«, sagte der dicke Junge leise. Er schämte sich sehr. Die anderen schwiegen und sahen ihn an. »Und während ich geschlafen habe, ist Helmut ausgerissen. Und beim Ausreißen hat er . . . hat er . . .«
Martin schluckte. Er konnte es kaum sagen, was Helmut beim Aussteigen angestellt hatte.
»Was hat er?« rief ein Junge. »Sprich schon!«
». . . hat er einen Teil von unseren Vorräten in den

Schnee hinausgestoßen!« sagte Martin mit gepreßter Stimme.

Nun kam Leben in den Autobus.

Die Kinder rannten nach vorne, um das Unglück zu besichtigen. Martin stand bedrückt neben der Tür und zeigte mit der Hand in den Schnee hinaus.

»Da «, sagte er.

»Meine Semmeln!« rief ein Mädchen.

»Meine Schokolade!« rief ein anderes. Ein paar Kinder kletterten ins Freie und versuchten zu retten, was vielleicht noch zu retten war.

Martin sah Thomas an.

»Es tut mir leid, daß ich eingeschlafen bin«, sagte er leise.

Thomas nickte. »Das kann jedem passieren«, sagte er.

Martin konnte sich nicht verkneifen, zu bemerken: »Wenn wir gestern das ganze Essen verteilt hätten, dann hätte das alles nicht geschehen können!«

»Ach, laß das«, meinte Thomas. »Um das Essen mache ich mir keine Sorgen.«

»Worum denn?«

»Um Helmut«, sagte der andere Junge. »Wer weiß, wohin er gegangen ist. Hoffentlich findet er den richtigen Weg . . .« Er schwieg.

»Was ist denn?« fragte der dicke Martin. »Du siehst ja auf einmal so traurig aus!«

»Ich wünschte, Tante Beate und Herr Wiedmann wären schon wieder zurück«, sagte Thomas langsam.

*

Tante Beate und Herr Wiedmann saßen zu dieser Zeit mit einem Dutzend Wachtmeistern auf einem offenen

Mannschaftswagen der Polizei. Der Wind wehte ihnen ins Gesicht und wischte ihnen die Müdigkeit aus den Augen. Sie hatten die Stadt schon hinter sich gelassen und fuhren auf derselben Landstraße zurück, auf der sie gekommen waren. Jetzt lag sie schon in hellem Sonnenschein. Neben Tante Beate saß ein Mann, der unter seinem Mantel einen weißen Kittel trug. Auf den Knien hielt er eine große Tasche. Er war ein Arzt aus dem Städtischen Krankenhaus und auf Wunsch der Polizei mitgefahren. Er sollte sofort nach dem Eintreffen beim Autobus allen Kindern eine Spritze gegen Diphtherie geben. Sie waren alle mit dem armen kranken Karli zusammen gewesen, und deshalb waren sie auch alle in Gefahr, sich angesteckt zu haben. Sogar Tante Beate und Herr Wiedmann hatten schon ihre Spritze in den linken Oberarm bekommen.

Vor dem Polizeiauto fuhr eine große Schneefräse der Feuerwehr. Sie sollte später eingesetzt werden, um die verschüttete Straße freizuschaufeln. Vorläufig hatte sie noch nichts zu tun. Gegen halb acht erreichten sie das einsame Haus an der Straße, in dem der alte Mann wohnte. Das Polizeiauto hielt, und der Arzt mit der großen Tasche ging durch den Schnee auf das Haus zu. Herr Wiedmann folgte ihm und klopfte an die Tür.

Von drinnen ertönte eine unwillige Stimme. Dann wurde die Tür aufgesperrt, und der ungekämmte Kopf des alten Mannes erschien. Als er Herrn Wiedmann erblickte, machte er ein wütendes Gesicht. »Verflixt noch einmal«, rief er aufgebracht, »werde ich heute überhaupt nicht mehr schlafen können?«

»Wir gehen gleich wieder«, versprach der Chauffeur.

»Warum seid ihr überhaupt gekommen?« fragte der alte

Mann. Er öffnete die Tür ein wenig weiter, und man sah, daß er ein langes Nachthemd anhatte und an den Füßen Pantoffeln trug.
»Um Ihnen eine Spritze zu geben«, sagte der Arzt.
»Das auch noch«, sagte der alte Mann.
»Es ist notwendig«, erklärte Herr Wiedmann.
»Klar ist es notwendig«, sagte der alte Mann. »Glauben Sie, ich will Diphtherie kriegen? Kommen Sie herein!«
Er ging voraus in die große Stube und legte sich dort auf ein Bett. Nachdem er den einen Ärmel seines Nachthemdes zurückgeschoben hatte, sagte er: »Na los, beeilen Sie sich!«
Der Arzt hatte seine Tasche geöffnet und eine Injektionsspritze gefüllt. Jetzt trat er zum Bett. Der alte Mann schloß die Augen. »Ich kann kein Blut sehen!« behauptete er.
Aber es war gar kein Blut zu sehen, nicht ein einziger Tropfen, der Arzt war sehr geschickt und schnell. Er klebte ein Pflaster auf die Einstichstelle und sagte: »So, jetzt kann Ihnen nichts passieren!«
»Danke«, sagte der alte Mann und drehte sich zur Wand. »Und gute Nacht!«
»Guten Morgen, meinen Sie«, sagte der Arzt.
»*Ich* meine gute Nacht!« brummte der alte Mann. Und als die beiden anderen lachten und von ihm fortgingen, schrie er ihnen noch nach: »Machen Sie die Tür gut zu!«
Der Arzt trat als erster ins Freie. Herr Wiedmann folgte und wollte gerade, wie der alte Mann ihn gebeten hatte, die Tür schließen, als sie ihm durch eine unsichtbare Gewalt aus der Hand gerissen wurde. Die Tür flog wieder auf, und Herr Wiedmann wurde gegen ihr Holz gewor-

fen. Er sah, wie die Polizisten und Tante Beate eilig von ihrem Wagen sprangen und auf ihn zu rannten und wie der große Schneepflug der Feuerwehr plötzlich einen Bogen beschrieb und in das verschneite Feld am Straßenrand hineinfuhr. Dann erfüllte ein Donnern und Getöse die Luft, das er schon kannte. Der Boden bebte, Schnee erfüllte die Luft, ein Sturmwind flog über das Haus hin, und Herr Wiedmann wußte: Irgendwo in der Nähe war noch eine Lawine niedergegangen.
Gleich darauf wurde es wieder still, die Sonne schien weiter, die Polizisten sahen einander schwer atmend an und schwiegen.
Der erste, der sprach, war der alte Mann aus seinem Bett. Er schien überhaupt nicht begriffen zu haben, was geschehen war, denn er sagte nur böse: »Wollen Sie nicht gefälligst die Tür zumachen?«

*

Helmut ging ein paar Minuten früher noch pfeifend über ein tiefverschneites Stück baumloses Land am Fuß eines Berghanges. Die Spuren von Herrn Wiedmann und von Tante Beate leiteten ihn. Er pfiff vor sich hin. Jetzt wird es nicht mehr lange dauern, dachte er, und ich kann damit beginnen, wieder parallel zur Straße zu gehen. Und in ein paar Stunden bin ich am Ziel!
Er sah zur Sonne empor, dachte, daß es wahrscheinlich erst halb acht oder acht Uhr war, und beschloß, ein wenig zu rasten. Er hatte es verdient! Er war sehr weit gekommen.
Helmut setzte sich auf einen Stein, der aus dem Schnee ragte, griff in die Tasche und zog ein Stück Schokolade

heraus. Er hatte eben das erste Stück von der Rippe abgebissen, als er ein leises Sausen hörte und aufsah. Er konnte nicht feststellen, woher das Sausen kam, obwohl er überallhin blickte. Die Berghänge lagen still und friedlich im Sonnenschein. Aber das Sausen wurde lauter. Helmut sprang auf. Er fühlte sich sehr unheimlich. Und dann, plötzlich, sah er, was geschehen war und woher das schreckliche Geräusch stammte.

Auf dem Berghang gegenüber war eine ganze große Schneefläche ins Rutschen gekommen und glitt zu Tal. Es sah aus, als käme ein riesengroßes weißes Tischtuch herunter. Helmut starrte es gebannt an.

Das Tischtuch richtete sich plötzlich auf, erhob sich in die Luft und schien den halben Berg mit sich zu reißen. Ein paar einsame Bäume kamen ihm in den Weg. Die Bäume verschwanden in einer weißen Wolke, und als sie vorüber war, waren auch die Bäume verschwunden! Und eine riesige weiße Masse, in die das ›Tischtuch‹ sich verwandelt hatte, stürzte weiter bergab.

Das Sausen war in Donnern übergegangen.

Helmut schluckte mühsam. Er begriff, daß diese ganze grauenhaft große Schneemasse, die da in Bewegung geraten war, sich auf ihn zu bewegte, in das Tal, in dem er selber sich befand. Er stand wie angenagelt. Er konnte keinen klaren Gedanken fassen. Was sollte er tun? Wohin sollte er flüchten, wo sich verstecken?

Die Lawine hatte die Baumgrenze erreicht und riß weitere Bäume mit auf ihrem Weg zu Tal. Helmut ließ die Schokolade fallen und rannte, so schnell er in dem hohen Schnee konnte, weiter geradeaus. Er stolperte, fiel, erhob sich wieder, er hatte den Mund und die Augen voll Schnee, er bekam keine Luft mehr, er rang nach Atem, und immer noch rannte er, rannte er, rannte er um sein Leben. Ein Sturmwind erhob sich, es wurde dunkel, und dichter Schneestaub erfüllte die Luft.

Das alles spielte sich viel schneller ab, als wir es hier erzählen können. Es dauerte nur einige wenige Augenblicke, bis eine mächtige unsichtbare Hand ihn am Kragen packte und in die Luft hob. Es klingt unglaublich, wenn man es liest, aber so war es: Helmut flog plötzlich durch die Gegend. Er flog nicht lange, und er flog nicht weit, aber er flog!

Die Lawine donnerte in das stille Tal, und eine riesenhafte Schneewolke stieg auf. An ihrem Rande stürzte Helmut schwer zu Boden und blieb liegen. Schnee stäubte auf ihn und deckte ihn zu. Er lag auf dem Gesicht und wußte von alldem schon nichts mehr.

*

Die Kinder im Autobus hörten gleichfalls das Donnern der Lawine, aber sie konnten sie nicht sehen – der Berghang, an dem der Autobus festgefahren war, lag dazwischen. Deshalb erschraken sie auch nicht so sehr wie am Tag vorher, als sie das Unheil hatten kommen sehen. Aber angenehm war keinem von ihnen zumute.

»Glaubst du, daß die Lawine wieder auf die Straße niedergegangen ist?« fragte Hanna mit weinerlicher Stimme den dicken Martin. Sie waren, als sie das Donnern hörten, noch beim Frühstück gesessen, das sie aus den Resten der noch genießbaren Vorräte hergerichtet hatten, aber den meisten war nun der Appetit vergangen.

»Bestimmt nicht«, sagte der dicke Martin. (Ihm war der Appetit nicht vergangen.) »Diese Lawine ist ganz woanders heruntergekommen. Die Straße liegt doch dort drüben!« Und er wies mit dem Finger in die entgegengesetzte Richtung.

Hanna begann zu jammern. »Warum kommt die Tante nicht!« rief sie weinerlich. »Wo ist sie denn? Wann werden wir endlich geholt? Ich habe solche Angst! Es kann ganz leicht noch eine Lawine hier herunterkommen!«

»Nein, das kann sie nicht!« rief Martin, dem selbst nicht sehr wohl war. »Das gibt es nicht! Es kommen nie mehrere Lawinen an derselben Stelle herunter! Das hast du doch eben gesehen!« Hanna starrte ihn an, dann brach sie wortlos in Tränen aus.

Dieser Erwiderung war der dicke Martin nicht gewachsen. Er stand auf, streichelte hilflos Hannas Kopf, und als es ihm nicht gelang, sie zu beruhigen, rief er verzweifelt: »Thomas, komm doch her! Hanna weint!«

Thomas saß vorne, auf Herrn Wiedmanns Sitz. Er hatte in den Schnee hinausgesehen und schien tief in Gedanken versunken zu sein. Martin mußte ein zweites Mal rufen. »Thomas!« Da erst schreckte der Junge auf.

»Ja«, sagte er. »Was willst du?«

»Ich . . .« begann Martin, dann bemerkte er das abwesende Gesicht, das Thomas machte, und fragte: »Was hast du denn?«

»Ich habe nachgedacht«, sagte Thomas.

»Worüber?«

»Die Lawine ist in der Gegend heruntergekommen, in die Herr Wiedmann und Tante Beate mit Karli gegangen sein müssen«, sagte Thomas.

»Rede keinen Unsinn!« rief Lucie. »Die drei sind gestern nacht, vor vielen Stunden, dort gegangen! Es kann ihnen doch nichts mehr geschehen sein!«

»Ich denke nicht an sie«, sagte Thomas.
»An wen denn?« rief ein Mädchen. Thomas stand langsam auf.
»Kommt einmal mit«, sagte er und trat in den Schnee hinaus.
Die Kinder folgten ihm. Thomas ging bis zu der Stelle, wo die Spur von Herrn Wiedmanns Schuhen begann.
»Hier«, sagte er und wies auf den Boden.
»Was, hier?« fragte der dicke Martin verständnislos.
»Was siehst du?«
»Herrn Wiedmanns Schuhabdrücke«, sagte Martin.
»Was noch?«
»Andere Abdrücke in ihnen. Kleinere Abdrücke«, sagte Lucie. »Sie werden von Tante Beate stammen.«
Thomas nickte. »Ja«, sagte er, »von Tante Beate oder von Karli oder – von Helmut.«
»Von Helmut?« riefen ein paar Kinder erschrocken.
»Ja, von Helmut«, sagte Thomas ernst. »Ich glaube, daß er Herrn Wiedmanns Spuren nachgegangen ist.«
Danach schwiegen alle. Schließlich sagte Martin: »Das glaubst *du,* aber er kann auch ganz woanders hingegangen sein.«
»Nein«, sagte Thomas, »das kann er nicht.«
»Ach«, sagte der dicke Martin, »und warum nicht?«
*»Weil keine andere Spur vom Autobus wegführt«*, sagte Thomas langsam, und er betonte jedes Wort. »Deshalb muß Helmut in Herrn Wiedmanns Fußspuren gegangen sein. Deshalb habe ich Angst um ihn.«
»Angst?« fragte Hanna ängstlich. »Warum Angst?«
»Weil Helmut in die Richtung gegangen ist, in der die Lawine herunterkam!« erwiderte Thomas leise.

# Das sechste Kapitel

*Nichts als Scherereien macht uns der Kerl – Man wird doch noch reden dürfen! – Siebzehn Kinder suchen das achtzehnte – Martin reibt sich die Hände – Helmut pfeift schon lange nicht mehr – Auch die Sonne verschwindet – Wie lange kann es dauern, bis wir durch sind? – Helmut findet eine Spur im Schnee und faßt neuen Mut – Hier muß die Lawine heruntergekommen sein – Für Helmut ist alles aus – Martin fällt, flucht und rettet ein Menschenleben – Um Gottes willen, wo sind die Kinder? – Man muß warten – Herr Wiedmann sieht die Ausreißer als erster – Der dicke Martin denkt schon wieder an das Abendessen – Zuerst müssen die Herrschaften noch ihre Spritze bekommen.*

Nachdem Thomas gesprochen hatte, war es zunächst eine ganze Weile still. Dann sagte ein Junge: »Wenn ihm etwas passiert, ist er selber daran schuld.«
Thomas nickte. »Natürlich«, sagte er, »ist er selber schuld daran. Aber wer weiß, *ob* ihm etwas passiert ist – und *was* ihm passiert ist? Vielleicht hat die Lawine ihn erwischt. Vielleicht aber ist er nur gestürzt und hat sich ein Bein gebrochen oder einen Arm und liegt jetzt irgendwo im Schnee.«
»Wenn es so wäre, dann müßten wir ihm helfen, ganz gleich, ob er selbst daran schuld ist oder nicht!« rief Lucie.
»Stimmt«, sagte Thomas. »Nachher, wenn wir ihn geret-

tet haben, können wir ihm noch immer unsere Meinung sagen. Wenn es ihm dann nicht schon selbst leid tut, was er angestellt hat!«

Der dicke Martin faßte seine Gefühle zusammen. »Ich möchte nicht, daß ihm viel passiert ist«, sagte er. »Aber daß er so richtig erschrocken ist, das möchte ich schon. Und dann möchte ich ihn retten. Und wenn ich ihn gerettet habe, dann möchte ich ihm eine herunterhauen!«

Ein paar Kinder lachten, aber ein Junge rief: »Ich nicht! Ich finde, er hat sich das alles selbst eingebrockt, er soll es auch auslöffeln! Wie kommen wir dazu, ihn zu suchen? Vielleicht saust noch eine Lawine herunter, und wir werden alle verschüttet! Nein, ich finde, er verdient es nicht, daß man sich um ihn kümmert. Ich finde, wir sollten im Autobus bleiben!«

Ein paar Kinder stimmten ihm zu, unter ihnen Agathe.

»Ja«, rief sie. »Das finde ich auch! Überhaupt: Wie hast du dir die Sucherei denn eigentlich vorgestellt? Wir haben doch keine Ahnung, wo Helmut ist!«

»Die Sucherei hätte nur dann einen Zweck«, sagte Thomas, »wenn möglichst viele von euch sich daran beteiligen. Dann könnten wir in einer weiten Reihe über den Schnee und durch den Wald gehen und ein großes Gebiet absuchen. Wir könnten immer wieder nach Helmut rufen und ihn so vielleicht finden. Wenn einer allein geht, hat das alles natürlich viel weniger Sinn!«

»Vielleicht ist Helmut auch überhaupt nichts passiert, er ist gut durchgekommen, und wir suchen vergeblich!« rief Agathe.

»Vielleicht«, sagte Thomas. »Aber vielleicht liegt er auch irgendwo halb verschüttet und kann sich nicht rühren. Das weiß kein Mensch.« Er hob beide Hände auf und ließ

sie wieder fallen. »Ich will euch etwas sagen: Ich mag Helmut auch nicht besonders gut leiden, aber was soll man machen? Ich denke, wir müssen ihn suchen gehen, und bitte euch, mir dabei zu helfen!«
Die Kinder standen unschlüssig im Schnee und sahen einander an.
»Nichts wie Scherereien macht uns der Kerl!« sagte Agathe.
»Zuerst gibt es seinetwegen Krach, dann schmeißt er unser Essen in den Schnee, und dann kann man ihn noch suchen gehen«, sagte der dicke Martin. Das mit dem Essen schien ihm den größten Kummer zu bereiten.
»Heißt das, daß du nicht mitgehen willst?« fragte Thomas.
»Wieso denn?« fragte der dicke Martin verblüfft. »Klar will ich mitgehen! Aber man wird doch noch reden dürfen!«
»Und ihr?« fragte Thomas die anderen.
»Was sollen wir denn anderes tun?« rief Lucie. »Wir müssen ja mitgehen! Wir können den Helmut doch nicht im Stich lassen!«
Die anderen Kinder nickten. Das war natürlich auch ihre Meinung!
»Hanna«, sagte Martin zu dem kleinen Mädchen, »wenn du Angst hast, kannst du ruhig hierbleiben!«
»Ich habe keine Angst«, erklärte Hanna, und sie wunderte sich selber über ihre Worte. Aber es stimmte, sie hatte plötzlich wirklich keine Angst mehr!
»Und was geschieht, wenn die Erwachsenen kommen und wir nicht da sind?«
»Wir lassen ihnen eine Nachricht zurück«, sagte Thomas. Er ging zum Autobus, hob ein Stück Pappendeckel auf,

das auf dem Boden lag, und schrieb mit Blockbuchstaben darauf:

WIR SIND HELMUT SUCHEN GEGANGEN,
DER SICH VERLAUFEN HAT.

Er dachte kurz nach, dann schrieb er noch darunter:

BITTE, WARTET HIER AUF UNS!
WIR KOMMEN ZURÜCK!

Lucie nahm unterdessen Abschied von Josef, der sie ängstlich ansah. »Sei schön brav«, sagte sie, »und stell nichts an! Hier hast du noch zu fressen ... wir sind bald wieder da, leb wohl!«

Die anderen Kinder zogen ihre Mäntel an.
»Seid ihr alle fertig?« fragte Thomas. Die Kinder nickten. Sie verließen den Autobus und gingen, hintereinander, in einer langen Reihe in den Schnee hinein. Als letzter ging der dicke Martin. Vor ihm marschierte Hanna. Das schwarze Schaf sah ihnen nach. Vom Lenkrad baumelte an einer Schnur die Papptafel mit Thomas' Nachricht.
»Wenn wir ihn aber finden, und es ist ihm nichts passiert, dann hau ich dem Helmut doch eine herunter!« sagte Martin zu Hanna. Er rieb sich die Hände.
Er hoffte, daß Helmut nichts passiert war.

*

Helmut lag unter einer dichten Schneeschicht, als er wieder zu sich kam. Er schlug die Augen auf und erhob sich halb. Sein rechtes Bein schmerzte heftig, als er es an den Leib zog. Er sah sich um. Die Gegend hatte sich verändert, alles war weiß geworden, war nichts als eine endlose Schneewüste. Die Spuren, die er entlanggegangen war, konnte er nicht mehr finden. Die Lawine, die hinter ihm herabgestürzt war, hatte sie unter sich begraben.

Als Helmut sich schwankend erhob, war ihm sehr elend zumute. Beim ersten Schritt, den er tat, sank er bis zu den Knien ein, und sein Bein brannte wie Feuer. Er biß die Zähne zusammen. Er mußte weitergehen! Er mußte!

Er sah zum Himmel auf. Die Sonne stand schon ziemlich hoch. Er erinnerte sich, daß sie links von ihm gestanden war, bevor die Lawine kam, und er ging so weiter, daß sie wieder links von ihm schien. Das heißt: Eigentlich konnte man seine Art der Fortbewegung nicht recht ›gehen‹ nennen. Er tat ein paar Schritte, dann versank er tief im Schnee, krabbelte sich mühsam wieder heraus, kroch einige Meter auf allen vieren, stand auf, fiel wieder hin, stand wieder auf und so weiter. Sein Bein schmerzte ihn sehr. Er fühlte, wie sich sein Rücken unter den Kleidern mit Schweiß bedeckte. Sein Hemd klebte an der Haut, er atmete schwer. Und noch immer war nichts weiter zu sehen als Schnee, Schnee um ihn, Schnee bis an den Horizont. Zehn Minuten später verschwand die Sonne hinter dichten Wolken, und es wurde etwas kühler.

Das war zunächst sehr angenehm. Bald aber verdeckten die Wolken die Sonne, und nun konnte er nicht mehr die Richtung bestimmen, in der er weitergehen mußte . . .

*

Zur gleichen Zeit geschah zweierlei.
Auf der Landstraße hatte die schwere Schneefräse der Feuerwehr mit ihrer Arbeit begonnen. Ihre riesengroßen Schaufelräder fraßen sich in den Schnee der verwehten und verschütteten Straße, und aus einem Rohr an der Seite der Maschine schoß ein hoher weißer Schneestrahl in die Luft empor und flog in die Felder hinein. Die Polizisten, Herr Wiedmann und Tante Beate standen auf dem bereits gesäuberten Straßenstück und sahen der Arbeit zu. Sie mußten nun warten. Sie konnten nichts anderes tun.
»Wie lange wird es noch dauern, bis wir durch sind?« fragte Tante Beate unruhig. Sie sah auf ihre Uhr.
Es war dreiviertel zehn.
Einer der Feuerwehrleute, die die Schneefräse bedienten, zuckte die Achsel.
»Fünf, sechs Stunden – wenn wir Glück haben«, sagte er. »Und wenn nichts geschieht!«
Tante Beate verstand, was er meinte. Er wollte sagen: »Wenn nicht noch eine Lawine herunterkommt!«
»Es wird schon nichts geschehen«, sagte Herr Wiedmann tröstend zu ihr.
Sie nickte. Dann ging sie ein bißchen zur Seite und starrte in den Schnee. Erst nach einer Weile kam es ihr zu Bewußtsein, daß sie immer wieder dieselben Worte vor sich hin sprach.
»Lieber Gott«, sagte sie, »mach, daß nichts mehr geschieht und daß wir in ein paar Stunden bei den Kindern im Autobus sind. Lieber Gott, mach, daß nichts mehr geschieht und daß wir in ein paar Stunden bei den Kindern im Autobus sind . . .«
Sie sagte dieselben Sätze immer wieder, immer wieder.

Sie wußte nicht, daß die Kinder zu dieser Zeit gar nicht mehr im Autobus waren, daß nur ein dickes schwarzes Schaf in ihm zurückgeblieben war . . .
Denn das war das zweite, was sich zur gleichen Zeit ereignete: Die siebzehn Kinder hatten mit ihrer Suche nach dem verschollenen Helmut begonnen.
Sie gingen, immer noch im Gänsemarsch, einer hinter dem anderen, Herrn Wiedmanns Spuren nach, die noch gut sichtbar waren. Ab und zu blieben sie stehen, um Luft zu schnappen. Die Jungen behaupteten, sie täten es nur, um auf die Mädchen Rücksicht zu nehmen, doch Lucie rief: »Auf uns braucht ihr keine Rücksicht zu nehmen! Wir sind überhaupt nicht müde! Wenn es nach uns geht, sind diese Pausen ganz unnötig!«
Und die kleine Hanna, die plötzlich so mutig geworden war, krähte: »Jawohl, sehr richtig!« Und dann marschierte sie eiligst weiter hinter ihrem Vordermann her.

*

Eine Stunde später glaubte Helmut, am Ende seiner Kräfte zu sein. Er ließ sich verzagt in den Schnee sinken und starrte vor sich hin. Sein Bein schmerzte ihn so sehr, daß er kaum noch gehen konnte. Er hatte die Richtung verloren, er wußte nicht, wo er sich befand, er hatte beinahe schon jede Hoffnung aufgegeben, aus dieser entsetzlichen Schneewüste jemals wieder herauszukommen. Eine Stunde war er mühsam weitergekrochen – und die Gegend hatte sich nicht im geringsten verändert.
Während er so im Schnee saß und vor sich hin starrte, wurde sein Blick plötzlich aufmerksam! Denn vor sich sah er Spuren im Schnee. *Spuren!*

Seine Erschöpfung, seine Müdigkeit, der Schmerz im Bein waren vergessen, er sprang auf, er humpelte weiter, auf die Spur zu. Es war eine unregelmäßige, teilweise verwischte Spur, aber ab und zu konnte man deutlich Schuhabdrücke im Schnee erkennen. Es gab keinen Zweifel mehr: Hier war jemand gegangen, vor noch gar nicht langer Zeit war hier jemand gegangen!
Helmut biß die Zähne zusammen, er machte sich erneut auf den Weg. Er ging der fremden Spur nach. Die Spur gehörte zu einem Menschen, der irgendwo vor ihm ging! Er mußte diesen Menschen finden, er mußte ihn einholen! Dieser Mensch war seine ganze Hoffnung.
Dieser Mensch war seine Rettung!
Keuchend stolperte Helmut weiter in den Schnee hinein.

*

Die 17 Kinder hatten unterdessen eine Stelle erreicht, an der Herrn Wiedmanns Spur endete. Vor ihnen begann eine große, beinahe unübersehbare Schneewüste, die noch kein menschlicher Fuß betreten zu haben schien. Thomas blieb stehen und winkte die anderen heran.
»Hier muß die Lawine heruntergekommen sein«, sagte er. »Hier, in diesem Tal. Herrn Wiedmanns Spuren sind von ihr verwischt worden. Und hier, in diesem Tal, müssen wir Helmut suchen. Wir wollen jetzt nicht mehr hintereinander gehen, sondern nebeneinander, in sehr großen Abständen, aber so, daß wir einander immer noch sehen – wenigstens unsere Nebenmänner. Seid vorsichtig, der Schnee wird manchmal sehr tief sein! Paßt immer auf, daß ihr euren Nebenmann nicht verliert. Und wenn ihr etwas seht, dann ruft laut die anderen herbei!«

Die Kinder begannen auseinanderzugehen. Sie bildeten eine lange, lange Linie, die beiden Flügel der Reihe waren nur noch als kleine dunkle Punkte im Schnee erkennbar.
Und dann setzten sie sich wieder in Bewegung. Langsam und vorsichtig bewegten sie sich in das verschneite Tal hinein.
Die Zeit verging.
Nur Thomas konnte sagen, wie spät es war, denn er hatte als einziger eine Uhr. Die Sonne stand hoch am Himmel, es war bereits früher Nachmittag, und noch immer bewegte sich die Kette der 17 Kinder durch den Schnee des verwüsteten Tales vorwärts. Noch immer war keine Spur von Helmut zu erblicken . . .

*

Irgendwo weiter vorne in der riesigen weißen Wüste stolperte der große Helmut der Spur nach, die er gefunden hatte. Sein blondes Haar fiel ihm wirr in die Stirn, sein Atem ging stoßweise, das eine Bein zog er nach. Vorbei war es mit dem vergnügten Pfeifen, vorbei mit allem Übermut des Morgens, Helmut fühlte, daß er den Tränen nahe war.
Wohin führte die Spur? Wohin führte sie?
Sie konnte doch nicht ewig weiterlaufen . . .
Gerade als er das dachte, sah er dann etwas Unbegreifliches und blieb stehen.
Vor ihm liefen *zwei* Spuren durch den Schnee.
Zwei Spuren, wo eben noch nur eine gewesen war!
Helmut blickte sich wild um. Was bedeutete das? Woher kam die zweite Spur? Dann sah er zur Seite und entdeck-

te eine größere Vertiefung im Schnee. Und als er sie erblickte, begann er zu weinen, denn er begriff, was geschehen war. Die Tränen rannen ihm über das Gesicht, und er ließ sich langsam und kraftlos in den Schnee fallen. Jetzt ist alles aus, dachte er.
*Er war seiner eigenen Spur nachgegangen!*

*

Die Kette der Kinder schob sich langsam und beharrlich weiter in das verschüttete Tal vor.
Ab und zu blieb eines von ihnen stehen, hob die Hände wie einen Trichter an den Mund und rief, so laut es konnte:
*»Helmut! Helmut!«*
Dann fielen andere Kinderstimmen ein und riefen mit. Aber niemand antwortete ihnen. Alles blieb stumm um sie herum.
Der dicke Martin, der ein paar hundert Meter neben der kleinen Hanna am linken Flügel ging, sah besorgt zu ihr hinüber. Es war bereits Nachmittag, sie waren seit Stunden unterwegs, und Martin vermutete, daß Hanna schon sehr müde war.
»Kannst du noch?« rief er zu ihr hinüber.
»Natürlich!« rief sie mit ihrer hohen Stimme zurück. »Und du?«
»Selbstverständlich!« antwortete Martin sofort. Aber so selbstverständlich war das gar nicht. Seine Beine taten ihm schon ganz scheußlich weh, und vor allem hatte er Hunger bekommen. Er dachte, wie dumm es von ihm gewesen war, nicht daran zu denken, etwas zum Essen mitzunehmen. Alles wegen dieses gräßlichen Helmut, über-

legte er. Wer weiß, wie lange wir noch brauchen, um ihn zu finden . . . Wenn wir ihn überhaupt finden!
Gerade als er das dachte, stolperte er schwer über etwas, was ihm vor die Füße kam, und fiel in den Schnee.
Verflucht, dachte er. Das muß mir auch noch passieren. Ich hätte doch im Autobus bleiben sollen! Was geht mich schließlich dieser verrückte Helmut an?
Er versuchte wieder auf die Beine zu kommen, und dabei erkannte er, worüber er gestürzt war. Das Hindernis lag zusammengekrümmt vor ihm im Schnee und rührte sich nicht.
Als Martin sich erhob, stützte er sich mit der Hand darauf. Im gleichen Augenblick erschrak er heftig. Und im nächsten Augenblick begann er zu schreien, so laut er konnte.
»Hierher!« brüllte der dicke Martin. »Hierher! Schnell, kommt hierher! Ich habe Helmut gefunden!«
Die anderen kamen herbeigestürzt, so schnell es ihnen möglich war. Sie keuchten vor Aufregung, als sie eintrafen, und starrten stumm auf das Bündel, das vor Martins Füßen lag.
Thomas trat vor und kniete neben ihm nieder.
»Helmut!« rief er und schüttelte den Jungen. »Helmut! Hörst du mich?«
Helmut öffnete langsam die Augen und sah ihn an. Lange Zeit schien es, als würde er Thomas überhaupt nicht erkennen. Dann richtete er sich auf, erblickte die anderen und begann wieder zu weinen. Er wußte gar nicht, daß er weinte. Aber die Tränen strömten ihm über das Gesicht wie ein dichter Schleier, und er mußte zweimal schlucken, bevor er sprechen konnte. Als er endlich soweit war, sagte er zwei Sätze.

Zuerst sagte er: »Es tut mir leid, was ich getan habe.«
Und danach: »Danke, daß ihr gekommen seid!«
Dann sank er wieder zurück und schloß die Augen.
Thomas sah den dicken Martin an.
»Wir sind gerade noch zurechtgekommen«, meinte er. »Und *du* hast Helmut das Leben gerettet!«
»Gar keine Spur«, sagte Martin, »ich bin einfach auf ihn draufgefallen. Das hätte jedem anderen auch passieren können!« Er sah Helmut an, der vor ihm im Schnee lag und sich nicht rührte. »Schade«, meinte er noch, »jetzt kann ich ihm doch keine herunterhauen!«

Lucie drängte sich zu Thomas durch. »Und was geschieht jetzt?« fragte sie begierig.
»Jetzt müssen wir ihn zum Autobus zurücktragen«, erklärte Thomas. Er sah auf seine Uhr. Es war halb drei.

*

Es war halb vier Uhr, als der Mann am Steuer der großen Schneefräse der Feuerwehr mit seiner Maschine plötzlich ins Leere hineinstieß. Er richtete sich auf und starrte durch das dicke Glasfenster nach vorne. Er sah ein Stück verwehter Straße, ein paar Felsen, weiter hinten ein paar Bäume, und zwischen den Felsen und den Bäumen sah er – den roten Autobus.
»Wir sind da!« brüllte der Feuerwehrmann.
»Wir sind da!« brüllte auch Herr Wiedmann, der knapp hinter der Schneefräse hermarschiert war. Er drehte sich um und rannte zurück zu Tante Beate. »Wir sind da!« schrie er noch einmal. Dann packte er sie an der Hand, und gemeinsam liefen sie stolpernd in den Schnee hinein und auf den Autobus zu. Je näher sie kamen, um so unheimlicher wurde ihnen die Stille im Wagen.
»Um Gottes willen«, sagte Tante Beate atemlos, »was ist da geschehen? Wo sind die Kinder? Warum sehen wir niemanden?«
Herr Wiedmann ließ sie stehen und rannte allein weiter. Er erreichte seinen Autobus als erster. Er riß die Tür auf. Der Autobus war leer, nur das dicke schwarze Schaf kam auf ihn zu und machte aufgeregt »Mäh«.
Der Chauffeur sah sich entgeistert um. Dann entdeckte er das Pappendeckelschild am Lenkrad.
Er hob es hoch und las.

Tante Beate erreichte hinter ihm den Autobus.
»Was ist los?« schrie sie. Neben ihr tauchten die ersten Polizisten auf.
Herr Wiedmann reichte ihr wortlos die Papptafel. Sie las.
»Das auch noch«, sagte Tante Beate erschöpft und setzte sich auf das Trittbrett des Autobusses. »Was sollen wir jetzt machen?«
»Warten«, sagte Herr Wiedmann.

*

Die lange Reihe der Kinder wanderte durch den Schnee den Weg zurück. Die Sonne stand schon tief, und sie waren alle todmüde. Zuerst hatten Thomas und der dicke Martin Helmut getragen, dann waren sie von zwei anderen Jungen abgelöst worden, und so ging es weiter, bis alle, auch die Mädchen, an der Reihe gewesen waren. Dann fingen sie wieder von vorne an. Helmuts Fuß war angeschwollen, er konnte nicht mehr auftreten. Es war ihm entsetzlich unangenehm, daß er nicht selber gehen konnte und getragen werden mußte, und er entschuldigte sich auch ununterbrochen dafür.
»Halt schon den Mund«, sagte der dicke Martin. »Sollen wir dich vielleicht hier liegenlassen, weil du nicht laufen kannst?«
»Nein«, sagte Helmut. »Aber ihr müßt doch alle sehr wütend auf mich sein, nicht? Und deshalb ist es mir so peinlich, daß ich euch zur Last falle!«
»Hoffentlich ist es dir wenigstens eine Lehre«, sagte der dicke Martin genießerisch. »Wir tragen dich gern, wenn du jetzt vielleicht eher begreifst, daß es nicht auf die Muskeln allein ankommt im Leben.«

Die Kinder erreichten die Stelle, an welcher Herrn Wiedmanns Spur, die nun schon ganz ausgetreten war, endete. Es begann bereits zu dämmern. Nun sprach fast niemand mehr. Sie fühlten sich alle müde und erschöpft. Stumm trotteten sie hinter den beiden Kindern her, die als erste gingen und Helmut zwischen sich trugen. »Jetzt sind wir bald da«, sagte Thomas ermutigend. Aber niemand antwortete ihm. Die Kinder sahen nur noch vor sich in den Schnee, sie marschierten eines hinter dem anderen, und sie waren viel zu müde, noch an irgend etwas anderes zu denken als daran, wie gern sie schon wieder in dem großen roten Autobus gewesen wären.
Herr Wiedmann sah sie als erster.

Es war schon beinahe finster, und er glaubte zuerst, sich geirrt zu haben, aber dann bemerkte er, daß die dunklen Punkte, die ihm aufgefallen waren, sich bewegten. Sich auf ihn zu bewegten!

»Sie kommen!« schrie er. Er sprang aus dem Autobus und rannte in den Schnee hinein. Die anderen rannten ihm nach. Sie schrien laut und winkten mit den Händen.

Auch die Kinder schrien. Einzelne rannten vor, andere halfen den beiden Jungen, die gerade Helmut trugen, damit sie schneller vorwärts kämen. Und alle schrien durcheinander.

Mitten zwischen den Felsen trafen sie dann zusammen, die Kinder, Herr Wiedmann, Tante Beate, die Feuerwehrleute und die Polizisten. Das war ein Wiedersehen!

Die Erwachsenen umarmten die Kinder und drückten sie an sich. Sie hoben sie hoch, und nun wurde nicht nur Helmut getragen. Nun trugen die Erwachsenen alle achtzehn mit Jubel und Hallo in den Autobus zurück. Und dort erwartete sie der dicke Josef, der ihnen maßlos aufgeregt entgegensprang.

»Wir sind gerettet!« rief die kleine Hanna.

»Wir fahren weiter!« rief Herr Wiedmann.

»Wir können zu Abend essen!« rief der dicke Martin.

Und alle tanzten und sprachen und lachten durcheinander. Alle, bis auf Helmut, der ganz still dasaß und nur manchmal verlegen lächelte.

»Alles einsteigen!« schrie Herr Wiedmann. »Die Fahrt geht weiter!«

Aber da erhob sich der Arzt mit dem weißen Kittel unter dem Mantel und sagte: »Einen Moment noch! Zuerst muß ich jedem von den Herrschaften noch seine Spritze geben!«

# Das letzte Kapitel

*ist sehr kurz, aber nichtsdestoweniger doch ungemein bedeutungsvoll.*

Eine halbe Stunde später war auch die sehr notwendige Arbeit des Arztes zu Ende, und alle 18 Kinder hatten ihre Spritze bekommen, die sie davor bewahren sollte, so krank zu werden wie Karli. Sie waren alle sehr tapfer gewesen, und Hanna behauptete sogar, es sei direkt angenehm gewesen, sich von dem Onkel Doktor in den Arm stechen zu lassen.
Da übertrieb sie natürlich ein bißchen, aber weh hatte es keinem getan!
Und zum Schluß bekam auch noch Lucies schwarzes Schaf Josef eine Spritze – »sicherheitshalber«, sagte der Doktor und lächelte dabei.
Während sie noch darauf warten mußten, daß der Arzt fertig wurde, erzählten sie Herrn Wiedmann und Tante Beate alles, was geschehen war. Tante Beate und Herr Wiedmann hörten aufmerksam zu. Und zuletzt war es dann soweit: Herr Wiedmann konnte den Motor des großen Autobusses anlassen, die Polizisten hoben ihn hinten ein wenig hoch und von den Felsen herunter, auf denen er sich festgefahren hatte, und langsam rollte der Wagen auf die nun vom Schnee geräumte Landstraße zurück.

Das Auto mit den Polizisten und die große Schneefräse folgten ihnen. Herr Wiedmann schaltete eine höhere Geschwindigkeit ein.
Es dämmerte.
Im Autobus war es warm und gemütlich.
Die Kinder saßen müde und sehr glücklich auf ihren Plätzen.
Der Arzt untersuchte während der Fahrt Helmuts Bein. Es war nichts Schlimmes. Er machte ihm einen Verband und sagte, Helmut müsse nun erst einmal ein oder zwei Tage im Bett liegen. Dann werde er wieder gesund sein.
Draußen wanderten die hohen Schneeberge vorüber, welche die Fräse der Feuerwehr neben der Straße aufgetürmt hatte. Tante Beate drehte sich zu den Kindern um und sagte: »Ich danke euch, daß ihr so brav und klug gewesen seid, während ihr allein wart, und ich habe eine Bitte: Vergeßt nie, was ihr hier zusammen erlebt habt! Vergeßt nicht, daß ihr einander alle fremd wart, als ihr diesen Autobus bestiegt, und daß ihr trotzdem eure Decken und euer Essen miteinander ehrlich geteilt habt; vergeßt nicht, daß Thomas einen Weg gefunden hat, das ausgerissene Schaf einzufangen, und daß Martin sein Essen hergab, obwohl er doch immer hungrig ist; vergeßt nicht, daß ihr euch selber einen Jungen gewählt habt, der euer Vertrauen besaß und der euch geführt hat; vergeßt nicht, wenn ihr groß sein werdet, wie ihr gewacht habt, damit die anderen ruhig schlafen können; und vergeßt vor allem nicht, daß ihr alle miteinander zweien von euch das Leben gerettet habt. Das ist das Allerwichtigste, was ihr euch merken sollt: daß man immer verloren ist, wenn man sich absondert und allein bleibt, und daß einem gar nichts geschehen kann, wenn man einander hilft und zusammen-

bleibt!« Tante Beate unterbrach sich kurz und legte Helmut eine Hand auf das Haar. »Ich bin überzeugt, daß auch Helmut das alles nicht vergessen wird und daß er von nun an euer guter Freund sein will. Nicht wahr, Helmut?«

Und Helmut nickte und sagte schnell: »Ja, Tante Beate!«

»Fein«, sagte der dicke Martin. »Und wenn dein Bein erst wieder gut ist, dann ringe ich auch mit dir! Aber nur zum Spaß! Und weil ich endlich einmal wissen will, ob du wirklich so stark bist!«

»Einverstanden«, sagte Helmut und lächelte. Dann gaben sie einander die Hand.

»Ihr wart bloß neunzehn Kinder in einem roten Autobus«, sagte Tante Beate laut. Man konnte sie nur undeutlich sehen, es war schon sehr dunkel geworden. Herr Wiedmann schaltete die Scheinwerfer ein. »Aber hier im Autobus war es genauso wie draußen in der großen Welt. Auch dort müssen die Menschen zusammenhalten und einander helfen, wenn sie nicht wollen, daß ein Unglück geschieht. Und darum bitte ich euch, vergeßt nie, was ihr erlebt habt. Denn wenn ihr es auch als Erwachsene nicht vergeßt, dann werdet ihr auch als Erwachsene so handeln wie heute, und dann wird die ganze Welt vielleicht einmal ein Autobus sein, in dem die ganze Menschheit sitzt und in dem alle Menschen einander helfen. Ich stelle ihn mir gerne vor, diesen Autobus, der so groß sein wird wie die Welt.«

Tante Beate schwieg, und niemand sprach. Die Kinder sahen in die Dunkelheit hinaus. Und auch sie dachten alle an dasselbe: an den großen Autobus, in dem vielleicht eines Tages die Menschen aller Länder und aller Rassen sitzen würden . . .

Draußen tauchte ein einsames Haus am Straßenrand auf. Herr Wiedmann bremste und hupte laut. Die Tür des Hauses öffnete sich, und die Kinder sahen einen alten Mann, der ins Freie trat. »Wie geht's?« rief Herr Wiedmann.

Der alte Mann kam ein paar Schritte näher. Die Kinder kannten ihn nicht. Es war der alte Mann, den Herr Wiedmann schon zweimal vom Schlafen abgehalten hatte.

»Mir würde es gut gehen«, rief der alte Mann, »wenn Sie nicht immer auftauchen wollten, sobald ich schlafen gehen möchte!«

Herr Wiedmann lachte.

»Das war das letztemal!« rief er. »Gute Nacht!«

»Gute Nacht!« rief auch der alte Mann. »Und glückliche Reise!«
Er sah dem Autobus nach, wie er wieder anfuhr. Die Schneefräse und der Polizeiwagen folgten. Der alte Mann stand in der Tür seines einsamen Hauses und winkte. Die drei Wagen wurden schnell von der Dunkelheit verschluckt. Bald waren nur noch die roten Schlußlichter zu sehen, und zuletzt verschwanden auch sie.
»Glückliche Reise!« sagte der alte Mann noch einmal leise, dann trat er in sein Haus und schloß die Tür hinter sich.